Le dico
tout fou
des
écoliers

JÉRÔME DUHAMEL

Le dico tout fou des écoliers

Écoles, collèges, lycées :
quand ils écrivent eux-mêmes
« leur » dictionnaire,
les élèves ont vraiment tout faux !

Albin Michel

Certaines citations de cet ouvrage ont déjà été publiées dans deux recueils de l'auteur : Les Perles de l'école *et* L'Histoire de France revue et corrigée.

Maquette intérieure : Luc Doligez

ISBN : 2-253-11757-9 – 1re publication – LGF
ISBN : 978-2-253-11757-5 – 1re publication – LGF

Et si la vérité sortait bien de la bouche des enfants...

Avant tout autre chose, il convient de crier haut et fort que l'auteur dont le nom apparaît sur la couverture de ce livre est un pur escroc : ce dictionnaire de 256 pages, il n'en est pas du tout l'auteur ! En dehors de quelques lignes de cette préface, il n'en a pas écrit un mot !

Sa seule honnêteté est d'avoir porté, au dos de la couverture et en sous-titre de la page 5, la précision suivante : « *Quand ils écrivent eux-mêmes « leur » dictionnaire, les élèves ont vraiment tout faux !* » Car les voilà, les vrais auteurs de ce chef-d'œuvre qui fera date dans la longue histoire de l'ignorance ou de la sottise – l'histoire de l'Éducation nationale française en quelque sorte –, les voilà bien : ce sont les élèves... Toutes ces dizaines de milliers d'enfants ou d'adolescents (leur âge va, bon an mal an, de 7 à 17 ans) dont les bourdes et les bévues, les inepties ou les maladresses, les gaffes ou les étourderies, ont permis de constituer cet étonnant florilège. Des cancres égarés au fond de la classe près du radiateur aux glorieux premiers assis sagement au premier rang, ces milliers de définitions sont les leurs. Elles représentent leur participation (bien involontaire) à la Grande Encyclopédie Française de la Perle de Culture !

Les seconds responsables de ce *Dico tout fou*, ce sont aussi, et bien sûr, leurs professeurs : instituteurs, enseignants de toutes matières et éducateurs de tout poil. Tous. Vieux briscards de l'enseignement laïc et privé ou jeunes profs frais émoulus des écoles de la République. Sans leur aide, sans leur mémoire, sans ces cahiers où certains répertorient pieusement le fruit de l'ignorance, rien n'aurait été possible. Qu'ils en soient ici, et sincèrement, remerciés du fond du cœur.

« La vérité sort de la bouche des enfants... » On le sait, les proverbes ne sont jamais totalement innocents. Ils puisent leur sagesse ou leur vérité dans des siècles d'expérience et de pratique. Il serait donc malheureux de ne voir dans ce dictionnaire si peu classique que l'humour qui peut en affleurer ou l'éclat de rire qu'il peut générer. Si bien des phrases qu'il contient ne sont en effet que de de pures et simples âneries, tant et tant d'autres fleurent bon la poésie, ou la tendresse, une logique déroutante mais implacable et parfois même une rude et saine philosophie. En entrant dans l'univers de l'absurde, du saugrenu ou de l'acadabrantesque, nous pénétrons aussi, et bien souvent, dans celui de la malice, de la complicité ou de la tendre naïveté...

Qu'un tel ouvrage ait une réelle utilité, je n'en doute pas un instant. Dans une époque où la « psychologie » l'emporte gaillardement sur la réalité, existe-t-il meilleure façon de pénétrer le monde à part de nos enfants, de deviner les méandres de leur pensée, d'accéder enfin au Saint-Graal : les secrets et mystères de la pensée enfantine.

Pour ma part, ma contribution ne fut que de choisir et de trier parmi des milliers et des milliers de ces « perles », de comparer et de couper, de ne garder que ce qui faisait sourire ou rire, avant - précisions-le bien - de faire le choix de rétablir dans quasiment tous les textes une orthographe remise à neuf, qui n'a souvent rien à voir avec ce que je pouvais lire. Car le risque était grand de brouiller le « message », de gâcher l'humour ou la poésie d'une définition en en enlevant tout le sel, perturbés que nous serions par la lecture d'une orthographe par trop délirante.

La Culture et la Science sont bel et bien là, régalons-nous !

Jérôme Duhamel

Abbé Pierre

Chez Emmaüs, on peut trouver toutes les cochonneries que l'abbé Pierre ne veut plus dans sa maison à lui.

L'abbé Pierre est l'inventeur de la misère humaine.

L'abbé Pierre est si vieux que Dieu a dû l'oublier et qu'il ne mourra peut-être jamais.

Les Compagnons d'Emmaüs adorent un dieu appelé Abbé Pierre.

Abcès

Un abcès, c'est une réserve de pus qu'on garde au bout du doigt en cas de besoin.

Abdomen

L'abdomen est la partie du corps qui remplace le ventre quand on n'a pas d'estomac.

Abeille

Les abeilles putinent pour faire du miel dans des cruches.

Abonnement

Quand on est abonné à un journal, c'est con parce qu'il bouche toujours la boîte à lettres des parents.

Aboyer

Quand le chien n'aboie pas, il gueule comme un âne et ça énerve tout le monde.

Abruti

Abruti, c'est le mot poli pour dire que quelqu'un est complètement con.

Absence

L'absence, c'est un mot que seuls les parents ont le droit de signer.

L'absence, c'est quand les autres vous cherchent et qu'ils disent : « Tiens, il est pas là ! »

Accélérer

Quand on accélère, c'est pour aller plus vite que quand on est à l'arrêt.

Accent

En France, il y a des gens qui ont des accents juste pour faire rire les Parisiens.

Accident

Pour qu'il y ait moins d'accidents sur les routes, il n'y a qu'à supprimer les routes.

Accouchement

Pour accoucher les bébés, les docteurs sont obligés d'éventrer les femmes.

Quand elle accouche, la femme pousse des grands cris pour attirer le bébé vers l'extérieur.

En France, l'accouchement des femmes dure neuf mois.

Acide

L'acide n'est pas dangereux sauf si on ne le consomme pas avec modération.

Acier

L'acier présente l'intérêt d'être un métal plus résistant que le plastique.

Acrobate

Un acrobate est un artiste de cirque qui aime bien s'écraser par terre pour faire rire les enfants.

Acupuncture

Quand on fait de l'acupuncture, c'est pour ressembler à un hérisson.

Adagio

Un adagio est un plat de cuisine italienne avec de la sauce tomate et du fromage.

Adam et Ève

Adam et Ève ont été chassés du paradis parce qu'ils avaient mangé trop de serpent.

Adultère

L'adultère permet de devenir majeur avant
dix-huit ans.

Admirer

Quand on admire quelqu'un, c'est qu'on est
amoureux de l'admiration qu'on a pour lui.

Adoption

Les parents adoptent des enfants quand ils ne
peuvent pas s'en payer des vrais.

Adorer

Adorer un garçon, c'est l'aimer plus que mieux
que beaucoup.

Adresse

Notre adresse, c'est là où on peut nous écrire si
on n'a pas changé d'adresse.

Adverbe

Un adverbe est toujours invariable même quand
il ne l'est pas.

Aéronautique

L'aéronautique, ce sont des avions qui peuvent voler aussi dans l'eau.

Affection

L'affection, c'est le sentiment qu'on éprouve pour les autres. Exemple : J'ai beaucoup d'affection pour moi.

Affreux

Quand on est affreux, c'est qu'on est moche mais en plus pire.

Afrique

Les habitants de l'Afrique sont tous noirs comme le soleil.

En Afrique comme partout la femme est inférieure.

Âge

Pour connaître son âge, c'est facile, il suffit de compter les bougies du gâteau d'anniversaire.

Âge de pierre

L'âge de pierre a commencé avec l'invention du bronze.

Agriculture

L'agriculture a deux grosses mamelles qui servent à nourrir les paysans.

Le salon de l'agriculture est organisé à Paris parce que c'est là où les animaux sont le plus heureux.

Aîné

Un aîné, c'est celui qui a été le plus rapide pour naître avant les autres.

Air

L'air permet à l'homme de mieux profiter de la pollution.

Airbag

Un airbag est fait pour protéger le volant de la voiture quand on a un accident grave.

Alchimiste

Un alchimiste était un vieux barbu qui savait transformer l'or en vieux fer rouillé.

Alcool

L'alcool est un principe qui permet de rendre l'eau potable.

L'alcool est mauvais pour la santé parce qu'il donne du tonus et de l'énergie.

Alcootest

Grâce à l'alcootest, on peut compter les bouteilles de vin qu'un homme cache dans son corps.

Alexandrin

Dans les poésies, un alexandrin est un vers qui fait plus ou moins douze syllabes.

Algèbre

L'algèbre, c'est les mêmes mathématiques mais quand on se met à plus rien y comprendre.

Algérie

L'Algérie est un désert entièrement construit par les Français.

C'est le général de Gaulle qui a séparé l'Algérie de la France avec de la mer.

Aliment

Les aliments, c'est ce qu'on mange pour se nourrir et parce qu'on aime bien ça. Exemple : Hier, j'ai vomi tous mes aliments.

Allaitement

Chez les humains, le lait pour enfants est tiré d'une vache appelée maman.

Allemagne

L'Allemagne est un peuple guerrier qui perd toutes les guerres qu'elle gagne.

Alliance

L'alliance est la bague qui sert à emprisonner les doigts des mariés tant qu'ils sont en captivité.

Alpes

Les Alpes sont championnes de France de saut en hauteur.

Les Alpes ont été créées au début du vingtième siècle pour pouvoir organiser les Jeux olympiques d'hiver.

Alpes-Maritimes

Les Alpes maritimes sont des montagnes qui savent nager.

Alphabet

Notre alphabet contient 26 lettres qui vont de A à B.

L'alphabet français contient des consoles et des voyantes.

Alsace

On reconnaît l'Alsace à ses célèbres champs de choucroute.

Altitude

L'altitude est une hauteur plus haute que la bassesse.

L'altitude se calcule à partir du niveau de la mer,

mais c'est difficile parce que le niveau de la mer change souvent à cause des marées.

Aluminium

L'aluminium est le seul métal qui a la propriété d'être en aluminium.

Ambassadeur

Un ambassadeur est un monsieur qui représente la France même dans des pays qui n'existent pas.

Âme

L'âme, c'est ce qui reste de nous quand on a retiré toute la viande.

Ami

C'est un copain qui nous aime autant que son chien.

Amorphe

Quand les parents disent qu'on est amorphe, c'est qu'on n'a plus d'os et qu'on n'arrive plus à bouger.

Amour

L'amour est la partie de l'homme qui lui permet de rentrer dans la femme pour y déposer des enfants.

L'amour est un organe qui permet au cœur de battre.

Mes parents disent qu'on n'a qu'un grand amour dans sa vie, mais eux ça donne pas envie d'essayer.

Amour-propre

L'amour-propre, c'est de l'amour tout neuf qu'on n'a pas encore sali.

Amphibie

Jésus était amphibie parce qu'il pouvait marcher dans l'eau sans couler.

Amputé

Quand on est amputé, c'est que les médecins nous ont coupé des choses du corps. Exemple : Le blessé a été amputé de sa tête.

Analphabète

Les animaux un peu idiots comme la vache sont des analphabètes.

Anatomie

Quand on se met tout nu, on peut découvrir les secrets que notre anatomie garde jalousement.

Ancêtre

Les ancêtres sont des vieux parents qu'on s'en fout de pas connaître parce qu'ils sont morts depuis trop longtemps.

Ancre

Quand les bateaux jettent l'ancre, ils assomment beaucoup de poissons et c'est pour ça qu'il y en a de moins en moins dans la mer.

Androgyne

Un androgyne est quelqu'un qui peut être à la fois un homme et une femme et même le contraire.

Angine

Quand on a une angine, on a les couilles de la gorge qui gonflent.

Angle

Un angle est un coin qui peut avoir toutes les formes qu'on veut.

Angle aigu

Un angle aigu est trop anguleux pour être droit.

Angleterre

Les Anglais roulent à gauche pour ne pas croiser les Français.

Les Anglais sont un peuple fier parce qu'ils ont de l'eau de mer tout autour de leur pays.

En Angleterre, il n'y a que la reine qui a le droit de porter des grands chapeaux ridicules.

Animal

Ce qui distingue l'homme de l'animal, c'est la raison du plus fort.

L'animale est la femelle de l'animal.

Ce qui fait la différence entre l'homme et l'animal, ce sont les cris qu'ils poussent.

Année

Une année normale dure toujours 365 ans.

Anniversaire

Si on a de la chance, notre anniversaire tombe juste le jour où on est né.

Antibiotique

Les antibiotiques sont des médicaments qui permettent de lutter contre les biotiques qu'on attrape en hiver.

Anus

L'anus est une région du corps peu fréquentée à cause de sa mauvaise réputation.

Antiquaire

Un antiquaire est un marchand de vieux trucs qu'il vole dans les châteaux des riches.

Août

Le mois d'août est celui de la canicule qui permet de se débarrasser des vieux qui encombrent les hôpitaux.

Apéritif

L'apéritif permet de se saoûler avant même de commencer à boire du vin à table.

Apiculteur

Un apiculteur est un homme qui s'habille en martien pour manger des abeilles.

Apôtre

Les apôtres étaient les copains de Jésus : on les reconnaît parce qu'ils marchent toujours à côté de Jésus qui, lui, se fait transporter par un âne pour pas se fatiguer.

Appareil dentaire

Quand on porte un appareil dentaire, on ressemble à une tronçonneuse.

Apparition

Quand les filles sont folles, elles ont des apparitions : des fois, c'est Jésus ou la Vierge Marie, et des fois c'est Leonardo Di Caprio.

Appendicite

Quand on a l'appendicite, il faut nous éventrer pour enlever les déchets.

Appétit

L'appétit est produit par nos glandes dégustatives.

Après

Après, c'est maintenant mais un peu plus tard quand même.

Aqueduc

Les aqueducs ont été construits par les Romains pour transporter leur pétrole en France.

Arabie

L'Arabie est un pays de sable fin bordé de pétrole.

Araignée

Comme l'homme, l'araignée tisse sa toile avec ses crachats.

Argent de poche

Quand mes parents donnent de l'argent de poche, on peut pas dire que ça remplit mes poches.

Arbitre

Un arbitre est un monsieur en short noir qui avantage les joueurs qui ne sont pas de l'Équipe de France.

Arbre

Les arbres laissent tomber leurs feuilles en hiver parce qu'ils sont fatigués de les porter.

Arc

Un arc est un morceau de bois tiré avec une
ficelle qui permet de viser toujours à côté.

Arc de Triomphe

Napoléon a construit l'Arc de Triomphe avec
tous les os de ses soldats morts.

Archange

L'archange Gabrielle est devenu très célèbre
grâce à la chanson de Johnny Hallyday.

Archéologie

Le travail des archéologues est de creuser pour
retrouver des vieux morts en poterie.

L'archéologie permet de retrouver des vieux
abandonnés dans la terre par leurs enfants.

Architecte

Un architecte, c'est celui qui construit des
H.L.M. pour les dynamiter juste après.

Ardoise

Une ardoise magique, c'est celle où on peut
effacer même ce qu'on n'a pas écrit.

Arène

Quand le taureau entre dans l'arène, les gens lui lancent des chapeaux pour le protéger du soleil.

Arête

La viande de bœuf est meilleure que le poisson parce qu'elle n'a pas d'arêtes.

Argent

L'argent sert surtout à en avoir.

Argile

L'argile est un métal assez résistant pour qu'on fasse des assiettes avec.

Aride

On dit qu'un terre est aride quand elle est toute pleine de rides.

Arithmétique

L'arithmétique n'existe plus depuis qu'on a inventé les calculettes.

Arme

Si elle ne sert pas à tuer, une arme n'a aucun avenir.

Armée

Avant, tous les jeunes étaient obligés de faire l'armée. Maintenant, l'armée est obligée de se faire toute seule.

Armistice

L'armistice, c'est le jour où tous les morts de la guerre fêtent la victoire.

Armure

Les armures des chevaliers du moyen âge étaient si lourdes qu'il fallait les porter en camion.

Arriver

Quand on est arrivé, c'est qu'on a fini de partir.

Arsenic

L'arsenic est un poison très dangereux, surtout pour ceux qui en meurent.

Artichaut

L'artichaut est décoré de jolis poils blonds plantés dans son derrière.

As

Dans un jeu de cartes, il n'y a que quatre as quand on ne triche pas.

Ascension

À la fête de l'Ascension, Jésus s'est envoyé en l'air pour la dernière fois.

Asie

Les Asiatiques sont les champions du monde du riz.

Asperge

Les asperges poussent sous la terre pour pas qu'on les attrape.

L'asperge est constituée d'une tige blanche faite de nourriture.

Asphyxie

Quand on est asphyxié, c'est qu'on ne trouve plus sa respiration parce qu'on est mort.

Aspirine

L'aspirine est une boisson pétillante et miracu-leuse qu'il faut dissoudre dans du mal de tête.

Assemblée nationale

L'Assemblée nationale, c'est un palais où les politiciens cachent l'argent qu'ils ont volé aux Français.

Asseoir

Quand on est assis, c'est qu'on arrête enfin d'être debout.

Assimilation

L'assimilation, c'est quand on mélange toutes les couleurs des gens qui n'ont pas la même.

Assommer

Quand on est assommé, c'est qu'on est mort mais pas pour trop longtemps.

Assouplir

Quand on est assoupli, c'est qu'on commence à dormir.

Asticot

Les asticots survivent en se nourrissant surtout dans les cantines des écoles primaires.

Astronomie

L'astronomie permet de lire son horoscope dans le journal.

Athée

Quelqu'un qui est athée, c'est quelqu'un qui croit que Dieu ne fait que des conneries parce qu'il n'existe pas.

Athlète

Les athlètes français sont les champions du monde pour toujours tout perdre.

Atmosphère

L'atmosphère de la Terre est victime de la traction-avant.

Atome

Quand deux atomes se rencontrent, on dit qu'ils sont crochus.

Atomique

L'énergie atomique est libérée par le frisson des noyaux.

Attentat

Les attentats ont été inventés par les pauvres juste pour emmerder les riches des États-Unis.

Attila

Quand il passait quelque part, Attila ne repoussait pas.

À chaque fois qu'il avait faim, Attila coupait des biftecks dans la selle de son cheval.

« Au clair de la lune »

Les parents croient qu'ils nous font plaisir en nous chantant « Au clair de la lune, » mais c'est une chanson que pour les débiles.

Auréole

Pour être un saint, il faut porter une auréole fabriquée par Dieu lui-même.

Aurore

L'aurore, c'est quand le jour se lève plus tôt que d'habitude.

Aussitôt

Aussitôt, c'est maintenant et plus vite que ça.

Auto-école

Pour passer son permis de conduire, il faut d'abord que la voiture aille apprendre à se conduire dans une école.

Autocritique

Quand quelqu'un fait son autocritique, c'est qu'il n'est pas content de sa voiture.

Automne

L'automne est une saison qui ne sert à rien qu'à faire crever les plantes.

Automobile

Les automobiles ont commencé à avoir du succès quand on a pensé à leur mettre un volant.

Autre

Les autres, c'est pas du tout nous.

Autruche

Les autruches enfoncent leur tête dans le sable pour que les chasseurs ne les reconnaissent pas parce qu'ils ne voyent que leurs fesses.

Auvergne

Les volcans d'Auvergne ont arrêté de cracher du feu pour vendre de l'eau minérale.

Avalanche

Les Alpes sont le plus gros producteur d'avalanches en France.

Avance

Quand on est en avance, c'est qu'on est à l'heure sur son retard.

Avare

Un avare, c'est un radin qui garde tous les sous qu'on aimerait bien lui prendre.

Aveugle

Un aveugle est une personne dont les yeux ne voient que dans le noir.

Quand ils n'ont pas beaucoup de sous, les aveugles se débrouillent avec des chiens en forme de canne blanche.

Heureusement que les aveugles ont des oreilles pour pouvoir toucher les choses.

Aviation

Les premiers avions marchaient avec des hélices tirées par des chevaux.

Avignon

En été, Avignon est très connue pour ses festivaux.

Avion

Les avions sont peints en couleurs pour pas qu'on les confonde avec des oiseaux.

Si les avions n'étaient pas plus légers que l'air, ils n'arriveraient pas à voler.

Avocat

Un avocat est un monsieur qui s'habille avec une robe noire toute triste pour faire croire au tribunal qu'il est sérieux.

Babord

Babord, c'est le côté d'un navire de gauche.

Baby-foot

Au baby-foot, les joueurs jouent mal parce qu'ils sont tout petits et en ferraille.

Baccalauréat

Les jeunes qui n'ont pas réussi le bac avant 18 ans s'appellent des délinquants.

Bach (Jean Sébastien)

Bach a écrit des petites chansons pour jouer avec un orgue dans les églises.

Bactérie

Une bactérie est une petite bête qui n'aime pas habiter dans l'eau de Javel.

Baffe

Quand on reçoit une baffe, il faut la rendre à celui à qui elle appartient.

Bague

Une bague, ça se met au doigt parce que si on la met au cou on est étranglé.

Baignoire

Archimède a été le premier à prouver qu'une baignoire peut flotter.

Baïonnette

La baïonnette servait aux anciens soldats à se procurer des boyaux pour manger pendant les guerres.

Baiser

« Baiser » est un verbe qui ne veut pas dire la même chose que « un baiser ».

Les enfants sont les fruits de l'amour et de la baise ausi.

Baladeur

Baladeur est le nom anglais pour dire walkman.

Balance

Une balance sert à savoir si on a envie de se peser.

Une balance montrent des chiffres qui rendent les gros tout tristes.

Balançoire

Une balançoire sert à regarder sous les jupes des filles et à rigoler.

Baleine

Quand elles soufflent, les baleines envoyent en l'air des grands jets d'eau : c'est comme ça qu'on remplit la mer depuis toujours.

Ballon

Un ballon sert à jouer au foot s'il est rond, et à rien s'il n'a pas de forme.

Banane

La banane est un fruit exotique parce qu'on peut lui enlever la peau en lui tirant la queue.

Banco

Quand on joue au Banco, il faut gratter, mais pas trop fort pour pas trouer l'argent.

Banlieue

Dans les banlieues, les gens qui ont des voitures ont le droit d'y mettre le feu pour emmerder les flics.

Banque

Les banques sont des boutiques de voleurs où on vous échange du vrai argent contre des morceaux de papier.

Baptême

Quand on fait un baptême, il faut noyer les enfants dans de l'eau bénie.

Bar

Les bars sont des cafés où les hommes peuvent venir picoler quand leurs femmes veulent pas qu'ils le fassent chez eux.

Barbare

Le barbare est un drôle d'éléphant qui a plein d'aventures avec sa femme Céleste.

Barbie (poupée)

Si ça avait été un homme, Barbie aurait pu s'appeler la poupée barbue.

Baromètre

Un baromètre est un thermomètre qui nous dit le temps qu'il a fait hier.

Le baromètre a été inventé pour obliger le temps à faire comme les agriculteurs ont envie.

Basque (pays)

Les Basques mettent des bérets pour faire croire qu'ils sont français.

Basket

Le basket-ball se joue avec les mains dans lesquelles il y a des trous pour mettre le ballon.

Au basket, là, il faut mettre tous ses œufs dans le même panier.

Bastille

La Bastille était une prison où il y avait le plus grand opéra du monde.

La Bastille n'a pas eu de chance parce qu'elle a été attaquée un vendredi 13.

Bâtard

Un bâtard est un pauvre chien que notre mère a eu avec un inconnu.

Bateau

Les bateaux naviguent sur l'eau parce que l'eau est bonne pour la santé.

Il faut faire des nœuds pour calculer la vitesse d'un bateau.

Les bateaux flottent grâce au principe d'Archimerde.

Batterie

C'est la batterie qui sert à faire démarrer la voiture quand elle ne démarre pas.

Baudelaire (Charles)

Baudelaire est un auteur qui a fait du scandale en écrivant les célèbres « Fleurs du mâle ».

Bavard

Un bavard est un enfant qui a la langue bien pendante.

Bavoir

On met des bavoirs aux bébés pour qu'ils puissent tout vomir sans se faire engueuler.

Béart (Emmanuelle)

« Manon des sources » est un film où Emmanuelle Béart joue une chèvre.

Beaucoup

Beaucoup, ça veut dire que c'est quand même pas rien.

Beaujolais

Le Beaujolais est une région en forme de bouteille de vin.

Beauté

La beauté, c'est comme le contraire de ma sœur.

Bédouin

Les bédouins cultivent le sable et la sagesse orientable.

Beethoven (Ludwig van)

Beethoven aurait pu être musicien s'il n'avait pas été complètement sourd.

Bégayer

Quand quelqu'un bégaie, c'est qu'il veut répéter des choses pour qu'on le comprenne bien.

Beignet

Un beignet, c'est de l'huile cuite dans de la friture.

Bénévole

Un bénévole est quelqu'un qui fait des choses gratuitement pour les autres même si ça lui fait pas plaisir.

Bénir

Quand le curé nous bénit, il nous envoie des morceaux de Dieu si petits qu'on ne les voit même pas.

Berlin

Le mur de Berlin servait à empêcher les Allemands de faire la guerre aux Belges.

Bermuda

Un bermuda est un short qui voudrait ressembler à un pantalon.

Betterave

Les betteraves sont rouges pour faire la concurrence aux tomates dans les hypermarchés.

Beurre

Le beurre est un corps gras comme ma sœur.

Le beurre est fabriqué dans la région de Pasteur.

Biberon

Un biberon, c'est une maman en plastique qui coule mal.

Bidet

Quand on met ses fesses dans un bidet, des fois on ne peut plus les ressortir si elles sont grosses.

Bien

Quand on veut faire le bien, il ne faut pas le faire mal.

Bientôt

Bientôt, c'est presque maintenant, mais il faut attendre encore un peu.

Bière

La bière est un liquide savonneux parce qu'elle est moussante.

La bière est fabriquée avec du houx blond.

Bigoudi

Le bigoudi est le grand spécialiste de la frisette des filles.

Bigre

Quand ils peuvent pas dire « merde » devant les enfants, les vieux disent « bigre ».

Binaire

Un nombre binaire est un nombre qui n'a que deux nerfs.

Biniou

Un biniou est un instrument de musique breton qu'on n'arrive pas à écouter tellement ça joue faux.

Binoclard

Un enfant qui est binoclard a des problèmes de vue dans sa vision du monde.

Bipède

L'homme et la femme sont des bipèdes dès que leurs jambes poussent.

Bisextile

Quand une année a un jour de plus en février, on dit qu'elle est bisexuelle.

Bisexuel

Quelqu'un qui est bisexuel a la chance d'avoir deux sexes pour lui tout seul.

Blague

Quand on fait une blague à quelqu'un, c'est pour le faire rire, mais quand même moins que nous.

Blaireau

Un blaireau, c'est un vieux qui dit des conneries en portant des grosses moustaches.

Blanc

Le blanc est la couleur qui se rapproche le moins de ce qui est foncé.

Blanc (Michel)

Michel Blanc, c'est un acteur chauve qui se fait un slip avec des algues dans « Les Bronzés ».

Bobard

Un bobard, c'est un mensonge tellement bête qu'on n'a pas envie d'y croire.

Bœuf

Le bœuf est un animal qui sert souvent à la confection de la viande.

Les bœufs sont des vaches sans couilles.

Bois

Le bois ne sert à rien puisqu'on le brûle dans les cheminées.

Boisson

Une boisson est un liquide qui présente l'avantage de pouvoir être bu dans la bouche.

Boiter

Quand on boite, c'est qu'on a une jambe qui louche plus que l'autre.

Bombe atomique

Les Américains ont inventé la bombe atomique pour pouvoir bombarder Tchernobyl.

Bonaparte

Bonaparte a eu deux fils, dont le célèbre Napoléon.

C'est Napoléon qui envoya Bonaparte en Égypte pour ramener les pyramides.

Bonhomme

Ce n'est pas parce qu'on parle de bonhommes qu'on veut dire que c'est tous des gens bons.

Bordeaux

Bordeaux est une ville qui vit paisiblement de la cueillette des bouteilles de vin.

Bossu

On dirait que les bossus ont un sac à dos sous leurs vêtements, mais non.

Bouche

Quand on veut embrasser une fille, il faut en choisir une qui a une bouche.

Boucher

Un boucher est un homme plein de cruauté qui torture des animaux dans sa boutique.

Bouddha

Bouddha est un dieu tellement plein d'amour qu'il est devenu très-très gros.

Boudin

Un boudin, c'est une fille dont personne ne veut, même les garçons boudins.

Bouffi

Quand on est tout bouffi, c'est qu'on a vraiment trop bouffé.

Bouillabaisse

La bouillabaisse est une soupe de poissons à base d'accent marseillais.

Bouillant

L'eau bouillante se transforme en glace à partir de zéro degré.

Boum

Du temps des grands-parents, une « boum » s'appelait une « surprise-partie », ce qui ne veut absolument rien dire.

Bouquet

Quand on est amoureux, il faut offrir un bouquet bien garni.

Bourgeois

Quand on est un bourgeois, on a des poubelles mieux remplies que les pauvres.

Bouse de vache

Une bouse de vache, c'est un caca que les vaches font toujours exprès de faire gros pour qu'on marche dedans.

Bouseux

Un bouseux est un paysan amoureux de la bouse de vache.

Boussole

Une boussole sert à nous indiquer dans quelle direction on est perdu.

La boussole est un instrument qui indique toujours la direction de la gare du Nord.

Bouteille

Une bouteille contient toujours un litre, mais des fois plus et des fois moins.

Bouton

Les vêtements ont des boutons pour qu'on puisse les enlever, sinon, à la fin, ils seraient trop sales.

Bovin

Les bovins vivent en troupeaux comme toutes les familles françaises.

La France pratique l'élevage de trois races de vaches : le veau, le taureau et le bœuf.

Boyau

Les boyaux de l'homme ont un petit air de famille avec le boudin du charcutier.

Braconnier

Un braconnier est un homme qui chasse sans l'autorisation des animaux.

Braguette

Une braguette sert à enfermer les organes génitaux de l'homme pour pas qu'ils se sauvent.

Branler

Quand on est très-très vieux, on arrête pas de se branler les mains.

Bras

Le bras est composé de : la main, l'avant-bras et l'après-bras.

Le bras compte dix mains rattachées aux doigts par les phalanges.

Bravo

« Bravo » est un mot qui ne se dit qu'avec les mains.

Brebis

La brebis est l'épouse légitime du mouton.

Bretagne

La population de la Bretagne diminue parce que tous les pêcheurs de là-bas meurent en mer.

La Bretagne vote traditionnellement à droite parce qu'elle est tournée vers la mer.

Breton

Les Bretons sont d'une race maritime et salée, comme leur beurre.

Les Bretons ont élevé les porcheries au rang d'institutions.

La principale industrie des Bretons est la crêpe.

Bricoler

Pour bien bricoler, il faut avoir des outils qu'on n'a jamais quand il faut qu'on en a besoin.

Brie

La Brie est une région toute plate, en hommage au fromage qui porte son nom.

Broche

Le poulet s'enfonce une broche dans le cul quand il est prêt à se faire cuire.

Bronzage

Quand on a les yeux clairs, le soleil peut rentrer plus facilement dans la tête pour nous bronzer l'intérieur.

Brouette

Pour pousser une brouette, il faut avoir de la force, mais surtout il faut en avoir une chez soi.

La brouette a été inventé par un savant inconnu dont on ne connaît que le prénom : Pascal.

Bruit

Le bruit peut rendre sourd quand il n'est pas assez silencieux.

Brute

Une grosse brute est un mal-poli qui ne dit même pas bonjour avant de vous casser la gueule.

Bûche

Les bûches de Noël sont fabriquées en bois sucré.

But (gardien de)

Au foot, le gardien de but doit s'occuper de boucher son trou avec ses mains.

La mission du gardien de but est de ne laisser entrer personne chez lui.

Cabane

Une cabane est une maison à nous qu'on fait exprès toute petite pour que les parents peuvent pas y rentrer.

Cabinets

Les cabinets, c'est l'endroit où on peut enfin lire tranquille tout ce qu'on veut.

Il y a de l'eau dans les cabinets pour donner une bonne odeur au caca.

Cache-cache

Quand on joue à cache-cache, il faut se planquer jusqu'à devenir invisible.

Cactus

Comme les femmes, les cactus font partie des plantes grasses.

Café

Il faut moudre le café si on veut mieux le digérer.

Avec la drogue de Colombie, on fait le meilleur café du monde.

Caillou

Un caillou est dur parce qu'il est enfanté par de la pierre.

Caissière

Une caissière est une dame en blouse qui vole les sous des gens à la sortie des magasins.

Caleçon

Le caleçon est l'ennemi de la nudité.

Caler

Quand une voiture cale, c'est que ma mère ne sait pas conduire.

Câlin

Quand on fait un câlin, on fait des provisions d'amour pour quand on tout est seul.

Calorie

Une calorie représente exactement un gramme de chaleur.

Calvitie

Pour éviter la chute des cheveux, il suffit d'être chauve.

Camargue

La Camargue est régulièrement inondée par les côtes du Rhône.

Caméléon

Le caméléon prend le goût et la forme de sur quoi il est posé.

Camelote

De la camelote, c'est de la bonne qualité complètement pourrie.

Camembert

Le camembert est un fromage qui coule dans les paysages de Normandie.

Campagne

Quand on est à la retraite, on préfère souvent partir mourir à la campagne.

Camping

Le camping est réservé aux pauvres qui ne peuvent se payer que des maisons en tissu.

Pendant toutes les vacances, mes parents m'ont obligé à coucher sous ma tante.

Canada

Le Canada est une des plus belles régions de France, mais les Américains l'ont emporté chez eux.

Le Canada est un pays arrosé par les Canadairs.

Canadair

Les Canadairs sont des gros avions qui se servent de l'eau comme carburant.

Canard

Les canards sont connus dans le monde entier à cause de leurs célèbres magrets.

Le canard peut flotter sur l'eau parce qu'il est plus léger que l'air.

Cancer

Le cancer généralisé est le plus beau de tous les cancers.

Le cancer du poumon est la maladie des gens qui fument de l'amiante.

Le cancer est une maladie créée par l'astrologie.

Canebière

La Canebière est un fleuve qui coule dans les rues de Marseille.

Canicule

L'été, les vieux meurent de la canicule chaude, et l'hiver ils meurent de la canicule froide.

L'été, le soleil change de nom et s'appelle la canicule.

Caniveau

Un caniveau est un trottoir où on est obligé de faire caca en même temps que son chien.

Cannibale

Un homme qui a l'habitude de manger de l'homme est un homnivore.

Cantine

Il faudrait obliger les cantines à faire de la nourriture à varier.

Capacité

La capacité d'un récipient est ce qu'il peut contenir si on n'en renverse pas trop.

Capitale

Paris est la capitale de France, comme New York est la capitale de l'Amérique.

Capote

Une capote sert à garder les bébés qu'on veut pas dans un petit sac en plastique.

Carburant

Le carburant est ce qui sert à faire marcher les moteurs. Exemple : L'eau est le carburant des sportifs.

Caractère

Quand on a du caractère, c'est drôle, mais il est souvent sale.

Caresse

Une caresse sert à faire l'amour juste à un bout de la peau, mais pas partout.

Caricature

C'est un dessin où les gens ressemblent à ce qu'ils sont mais en plus rigolo.

Carotte

Quand la carotte s'enfonce dans la terre, c'est pour ne plus jamais en ressortir.

La carotte a une couleur orange pour pas que les chasseurs la confondent avec un animal.

Carré

Un carré est un rectangle un peu plus court d'un côté.

En additionnant le centre d'un carré avec ses côtés, on trouve sa circonférence.

Carte routière

Une carte routière sert à se tromper de route en s'engueulant.

Cartes (jeu de)

Dans un jeu de cartes, il y a quatre couleurs : le rouge, le noir, le cœur et le trèfle.

Casserole

Une casserole risque de bouillir à plus de cent degrés.

Castration

Quand on castre un animal, il ne peut plus faire l'amour, sauf avec sa tête.

Catastrophe

Une catastrophe aérienne est une catastrophe que les astronautes voient de plus près que nous.

Catéchisme

Le catéchisme, c'est le nom de l'endroit où Jésus vit avec sa mère.

Catherinette

Quand on fête catherinette, c'est qu'on a passé vingt-cinq ans sans avoir un homme à se mettre dans la main.

Catholique

Les catholiques sont des gens qui croient que Dieu croient en eux.

Caviar

Le caviar pousse dans des poissons très chers.

Ceinture de sécurité

En voiture, il faut attacher sa ceinture pour ne pas perdre son pantalon dans un accident.

Il faut bien attacher sa ceinture de sécurité si on veut pas être transformé en air-bag.

Célibataire

Un célibataire, c'est un monsieur qui n'a pas trouvé de femme pour nettoyer sa maison.

Cellulite

Quand les filles ont des grosses cuisses, c'est qu'elles ont de la cellulose.

Cendrillon

Cendrillon est encore célèbre aujourd'hui pour avoir inventé les chaussures en verre.

Centre

Le centre se situe toujours à égale distance du milieu.

Quand quelque chose est central, c'est qu'il est placé en plein milieu d'une pièce. Exemple : Le chauffage central.

Cercle

Un cercle est un rond en forme de circonférence.

Cerveau

Le cerveau a des capacités tellement étonnantes qu'aujourd'hui pratiquement tout le monde en a un.

Le cerveau est à l'intérieur de la tête pour pas que les idées s'envolent.

Le cerveau a deux hémisphères : l'un pour surveiller l'autre.

Quand on a un accident à la tête, on peut devenir écervelé.

Le cerveau fait des lobes, comme au tennis.

Le cerveau est l'organe qui nous permet de respirer de l'intelligence.

Cervelle

Les hommes ont un cerveau. Les femmes, elles, ont une cervelle.

César (Jules)

Quand Jules César nous a envahis, il a eu la gaule.

Jules César a fait la guerre à Cléopâtre parce qu'il voulait conquérir son nez.

L'empereur Jules César a été assassiné par son fils qui s'appelait Mifili.

Chagrin

Le chagrin, c'est de la tristesse qui dure moins longtemps.

Chahut

« Chahut » est le mot joli pour dire « bordel ».

Si on chahute trop un professeur, il paraît qu'on risque de détruire sa psychologie intérieure nerveuse.

Chaleur

La température la plus élevée que l'homme a réussi à obtenir est la chaleur.

Le froid est fait avec de la chaleur qu'on diminue.

Chambord (château de)

Le château de Chambord a été construit à Versailles parce que c'est plus près de Paris.

Chambre

La chambre est la maison des lits.

Champagne

La champagne est une région humide à cause de ses raisins.

Champignon

Les champignons pas bons à manger sont venestibles.

Chanson

L'amour est un sentiment qui ne sert qu'à écrire des jolies chansons.

Chanteur

Les grands chanteurs sont ceux qui ont de la poésie dans leur voix.

Chaparder

Chaparder, ça n'est pas exactement voler, mais un peu quand même.

Charcuterie

La charcuterie est l'amie intime des grosses personnes.

Charentaises

Les charentaises, c'est comme les baskets des vieux grands-pères.

Charlemagne

Le nom latin de Charlemagne était Carolus Magnus, ce qui veut dire Barbe-bleue.

Dans les livres d'histoire, on peut voir des photos de Charlemagne quand il a été nommé empereur.

Charlemagne mettait des tas de feuilles sur la tête des enfants qui travaillaient bien à l'école.

Charlot (Charlie Chaplin)

On reconnaît Charlot parce qu'il porte un chapeau melon et des bottes de cuir.

Chasteté (ceinture de)

Au moyen âge, les ceintures de chasteté servaient à empêcher les femmes de faire l'amour avec le facteur pendant que leur mari faisait la Croisade.

Chat

Quand le chat aboie à l'intérieur, on dit qu'il ronronne.

Le chat est un animal qui aime les poissons, surtout quand ils vivent dans des boîtes.

Les chats n'aiment pas l'eau parce qu'ils sont alcooliques.

Le chat possède un moteur intérieur qui se met en marche quand il a du bonheur.

On dit que la nuit tous les chats sont gris, mais moi j'en connais un qu'est blanc.

Château-fort

Dans les châteaux forts, les guerriers jetaient de la friture par les meurtrissures.

Chateaubriand (François-René de)

Chateaubriand est un vieil écrivain qui a été obligé d'écrire ses mémoires dans sa tombe.

Chaussure

Les chaussures, c'est ce qui sert à donner une forme humaine à nos pieds.

La basket est une chaussure qui sent mauvais quand on l'enlève.

Chauve-souris

On reconnaît facilement la chauve-souris parce qu'elle n'est ni chauve ni souris.

Chef d'orchestre

Un chef d'orchestre a une baguette pour pouvoir foutre des coups aux musiciens qui jouent comme des pieds.

Chenille

La chenille est la future ancêtre du papillon.

Cheval

Le cheval est le meilleur ami de l'homme qui aime les chevaux.

Avant, les hommes mangeaient de la viande de cheval, mais quand même pas la selle.

Le cheval s'appelle comme ça parce qu'il a une queue de cheval.

Cheveu

Avoir les cheveux blancs, c'est le signe qu'il faut se préparer à mourir bientôt.

Chèvre

Au printemps, la chèvre se met à pondre du fromage.

Chic

Quand on est chic, c'est qu'on est mieux habillé que quand on est tout crade.

Chien

On appelle le chien « le meilleur ami de l'homme » parce qu'il manifeste sa joie en branlant sa queue.

Le nez des chiens est truffé.

Pour abandonner son chien, il n'y a rien de mieux que les autoroutes.

Quand les chiens font l'amour, ils aiment bien rester collés ensemble pour qu'on leur lance des seaux d'eau.

Chiffre

On reconnaît les chiffres pairs parce qu'ils peuvent tous se diviser par zéro.

Chimie

La chimie sert à faire péter des trucs qui puent et qu'on mélange.

La chimie se nourrit de formules et de symboles.

Chimiothérapie

La chimiothérapie est une maladie grave donnée par le cancer.

Chine

La Chine est un pays qui se caractérise par sa jolie couleur jaune.

La Chine est une grande démocratie car les filles y sont tuées à la naissance.

Chinois

Tous les Chinois ont les yeux brisés.

Les Chinois sont petits et misérables parce qu'ils ne mangent que du riz sec.

Les Chinois comptent avec leurs boules.

Pour manger du chinois, on est obligé de se servir de baguettes.

Chirac (Jacques)

Chirac a été obligé d'assassiner Mitterrand pour devenir président et aller habiter à l'Élysée.

Jacques Chirac vient souvent en province pour caresser des vaches et des écoliers.

Chirac a une femme qui s'appelle sainte Bernadette Soubirous.

Chirurgie

La chirurgie, c'est l'ouvre-boîte du corps des gens malades dedans.

Chirurgien

Un chirurgien est un homme capable de démonter un corps humain et de le remonter entièrement sans se tromper.

Chômage

La meilleure préparation à la retraite est le chômage.

Les gens trop paresseux pour travailler cherchent toujours un emploi dans le chômage.

Chômeur

Quand on a son bac, on a le droit d'aller s'inscrire comme chômeur.

Chorale

C'est pratique de faire partie d'une chorale parce que, même si on chante faux, ça s'entend pas au milieu des autres.

Ciboulot

Le ciboulot, c'est le cerveau de ceux qui n'en ont pas.

Cigarette

Les cigarettes vivent dans des paquets qui tuent.

Cigogne

Les cigognes mettent leurs nids sur des cheminées pour que leurs enfants restent bien au chaud.

Cîme

Quand on est au sommet d'une montagne, on ne peut pas en voir la cîme parce qu'on est assis dessus.

Ciment

Le ciment est l'arme favorite des maçons.

Cinéma

Le cinéma était une énergie encore inconnue au dix-neuvième siècle.

Dans le cinéma muet, les acteurs parlaient avec des mots qu'ils écrivaient en bas du film.

Les frères Lumière ont inventé le premier cinéma pour sourds-muets.

Cirque

Les gens du cirque vivent en bonne harmonie avec des fauves dans leurs roulottes.

Citation

Une citation, c'est quand on recopie des phrases de gens célèbres pour faire croire qu'on les a inventées nous-mêmes.

Classes (rentrée des)

À la rentrée des classes, il y en a toujours qui pleurent, alors qu'ils devraient être contents d'être enfin débarrassés de leurs parents.

Cléopâtre

Cléopâtre a laissé son nez dans nos mémoires.

Clignotant

Les clignotants servent à montrer aux autres voitures qu'on va tourner en avant ou en arrière.

Climat

La France bénéficie d'un climat tempéré,
c'est-à-dire des fois chaud et des fois froid.

Climatisation

La climatisation permet de grelotter
même en été.

Clitoris

Le clitoris est un truc que les filles cachent pour
nous donner envie de faire sa connaissance.

Clochard

Les clochards investissent leurs richesses dans
des bouteilles de vin.

Cloche

Si toutes les églises ont des cloches, c'est pour
appeler Dieu parce qu'il est vieux et sourd.

Clovis

La catastrophe du vase de Soissons a inondé
toute la Gaule.

Clown

Un clown est un homme qui a choisi le dur métier d'être tout le temps ridicule.

Coca-Cola

Le Coca-cola est un liquide qui prend sa source en Amérique.

Cochon

Dans le cochon, on peut tout manger, même la crotte avec qui on fait du boudin.

Le porc s'appelle cochon parce qu'il est dégueulasse.

Cœur

Le cœur est le lieu de naissance de l'amour.

Avant d'aller dans l'estomac, la nourriture passe dans le cœur où elle est mastiquée par les battements du cœur.

Quand on a une maladie de cœur, c'est dommage parce qu'on ne peut plus aimer.

Quand notre cœur s'arrête de battre, il faut commencer à se dire qu'on est mort.

Colbert (Jean-Baptiste)

C'est Colbert qui a fait installer l'électricité au château de Versailles parce que Louis XIV se caillait.

Colère

Parmi les principales qualités, la colère est un vilain défaut.

La colère ne sert à rien si on ne cogne pas en même temps.

Colomb (Christophe)

Christophe Colomb était un marin qui a entièrement construit l'Amérique de ses propres mains.

C'est en apercevant de loin la statue de la Liberté du port de New York que Christophe Colomb a pu découvrir l'Amérique.

Colombey-les-Deux-Églises

Le général de Gaulle est enterré dans deux églises à Colombey.

Colonie de vacances

Quand on nous envoie en colonie de vacances, c'est pour se débarrasser de nous comme des chiens.

Colonies

Avant leur indépendance, L'Algérie, la Tunisie et le Maroc étaient les colonies de vacances de la France.

Comique

Tous les grands comiques sont morts, comme Coluche, Bourvil, Louis de Funès ou de Gaulle.

Compas

On doit utiliser un compas pour mesurer les angles d'un cercle.

Composition française

Quand on fait une composition, il vaut mieux utiliser des mots tout simples qui ne font pas de fautes de français.

Compter

Quand on ne sait pas compter sur ses doigts, il n'y a qu'à compter sur ses mains.

Conception

Pour faire un enfant, il faut que le sexe de l'homme prenne la forme d'une femme.

Pour faire pousser son bébé, l'homme doit d'abord enfoncer ses graines dans sa femme à coups de marteau.

Concorde (avion)

Le Concorde est un avion capable de s'écraser avant même le décollage.

Confiance

Quand on a confiance en quelqu'un, c'est qu'on croit qu'il ne ment pas tout le temps.

Conjugaison

Pour apprendre bien le français, il faut faire beaucoup de devoirs conjugaux.

Le passé composé est une langue étrangère qu'on n'apprend même plus à l'école.

Consolation

Quand on est consolé, c'est qu'on a évaporé sa tristesse.

Continent

La dérive des continents permet de raccourcir les trajets en bateau.

Contraception

La contraception sert à vouloir faire des enfants sans les avoir.

Contraction

Quand une maman a des contractions, c'est là qu'elle s'aperçoit qu'elle est enceinte.

Convaincre

Convaincre, c'est réussir à vaincre les cons.

Cool

Quand on est cool, on est comme mon grand frère quand il a fumé des pétards.

Corner

Au foot, quand on fait un corner, c'est qu'on envoie le ballon aux quatre coins de l'univers.

Coq

Le coq est le mari de la poule de l'agriculteur.

Cordon ombilical

Le cordon ombilical permet à la mère de parler dans le ventre de son enfant.

Corneille (Pierre)

Corneille était un génie : il a écrit « Le Cid » alors qu'il ne savait même pas écrire.

C'est après sa mort que Corneille se consacra surtout au théâtre.

Corps

Le corps humain est composé en parties égales de sang et d'eau reliés par des os.

Corse

L'ambition de la Corse est d'être séparée de la France par des explosions.

La principale activité des Corses est le repos.

La Corse est souvent secouée d'attentats à la pudeur.

Corvée

Une corvée, c'est faire des choses qu'on aimerait mieux que les autres fassent.

Côte d'Azur

Grâce à un emplacement idéal, la Côte d'Azur est régulièrement arrosée par la Méditerranée.

Coup de vieux

Au moment de notre mort, on prend tout de suite un bon coup de vieux.

Courrier

Le courrier, c'est quand mon père reçoit des lettres et que ma mère lui gueule dessus.

Cours d'eau

Un fleuve descend toujours d'amont en aval : s'il fait le contraire, c'est qu'il s'est trompé.

Course à pied

Pour courir vite, il faut un short muni de gros muscles.

Couscous

Le couscous sont des petites graines de religion musulmane.

Cousin

Un cousin est le fils du frère de la sœur de la mère et du père.

Couverts

Les couverts ne servent à manger que quand on n'a pas le droit de le faire avec les doigts.

Cracher

Il ne faut pas cracher par terre parce que ça donne des microbes aux trottoirs.

Crâne

Le crâne est la région de naissance de nos cheveux.

Le crâne est une boîte en os qui sert à ranger les boyaux de l'intelligence.

Crasse

De la crasse, c'est de la saleté de très bonne qualité.

Crèche

Une crèche, c'est une garderie où on met les enfants qui sont encore trop petits pour être grands.

Crèche de Noël

Dans la crèche, les parents de Jésus s'étaient déguisés en âne et en bœuf pour échapper au méchant Hérode.

Crépuscule

Tout le monde sait que le jour se couche chaque soir, mais personne ne sait où.

Quand le soleil disparaît à l'horizon, l'Est se jette dans l'Ouest.

Crime

Si on veut commettre un crime, il ne faut en parler à personne sauf en présence de son avocat.

Crocodile

Le crocodile est un insecte nuisible aux Africains.

Croisade

Les Croisades sont des grands voyages en bateaux dans des jolies îles où il fait toujours beau.

Crotte

Quand on marche dans une crotte, il paraît que ça porte malheur à nos chaussures.

Crottin

Le crottin de cheval est un très bon engrais pour faire pousser les chevaux.

Croupe

La croupe du cheval se situe à l'arrière de l'animal, dans la région de la queue.

Crue

Quand les rivières sont trop humides, on dit qu'elles sont en crue.

Cuir

Le cuir sert à envelopper la peau des vaches.

Cuisine

La cuisine est l'endroit où on range les mères de famille.

Cul

Cul est un gros mot qui parle de fesses.

Le cul est la forme des fesses quand elles sont jolies.

Cumul

En politique, le cumul permet de recevoir des mandats.

Curie (Pierre et Marie)

Julot Curie a consacré sa vie à faire des atomes avec sa femme.

Cyclone

Un cyclone est une tempête qui détruit tout sur son passage, mais on s'en fout parce que c'est en Floride.

Cyclope

Le cyclope est un monsieur qui ne voit que d'un œil parce qu'il n'en a pas deux.

Dauphin

Dans les documentaires, on voit bien que le
dauphin est l'homme le plus proche de l'animal.

Débile

Un débile est un enfant dont la tête ne s'est
remplie qu'à moitié.

Décalage horaire

Quand il est midi à Paris, des fois il est un peu
plus tôt ou un peu plus tard à New York.

Décès

Le décès, c'est comme la mort, mais pas avec les mêmes lettres.

Décibel

Le décibel, c'est le poids que fait le bruit quand on en fait trop.

Décolonisation

La décolonisation a permis aux enfants de ne plus être obligés d'aller en colonie de vacances.

Découragement

Quand on est découragé, c'est qu'on n'a plus le courage d'en avoir.

Dégueu

Quand on est « dégueu », c'est que la vie ne nous laisse pas assez de temps pour nous laver.

Delerm (Philippe)

Parmi les nouveaux écrivains du siècle, mes parents m'ont fait lire Philippe Delerm. C'est lui qui a écrit « La Première bouffée de bière ».

Délinquant

Un délinquant est un jeune qui piétine sauvagement la loi parce que ce n'est pas lui qui l'a faite.

Delon (Alain)

Alain Delon est un acteur mondialement connu en France.

Demain

Le mot « demain » est le futur du mot « aujourd'hui ».

Le proverbe qui dit que demain est un autre jour est idiot, parce que bien sûr que c'est comme ça

Demi

Un demi, c'est quand même un entier, surtout si c'est de la bière.

Demi-tarif

Quand on a le demi-tarif, l'embêtant c'est qu'on ne peut faire que la moitié du voyage.

Demi-tour

Si on fait un demi-tour, on doit effectuer un tour complet mais en s'arrêtant de temps en temps.

Démon

Si on veut communiquer avec le Diable, il faut s'adresser à lui par son nom officiel qui est Monsieur *Démon*.

Démonter

Démonter un truc est la chose la plus facile du monde jusqu'au moment où il faut le remonter.

Deneuve (Catherine)

Catherine représente la femme idéale quand on aime les vieilles actrices.

Dénoncer

Ce n'est pas bien de dénoncer quelqu'un, surtout quand on se dénonce soi-même.

Dent

Grâce à l'émail des dents, on peut avoir un très joli sourire.

Les dents de lait sont les dents qui permettent aux bébés de téter le lait de leur mère.

Quand on dit « croquer la vie à belles dents », ça veut dire qu'il faut se laver souvent les dents à fond.

Dentier

La nuit, les dentiers vivent dans des verres d'eau pétillante. Quand ils se réveillent, on peut s'en resservir pour manger et pour sourire.

Dentiste

Il est pas dégoûté, le dentiste, d'aller mettre ses mains dans la bouche des enfants qui ne se lavent les dents qu'à la Saint-Glinglin.

Département

La France compte de nombreux départements, mais il est impossible de les connaître tous car ils changent de noms tout le temps.

Tous les départements de France portent des numéros, sauf Paris (75).

Dépression

La dépression est une maladie de la mauvaise humeur qui est surtout réservée aux filles.

Député

Le mot « député » est un gros mot qui vient de « pute »

Dernier

Au collège, quand on est dernier, on a quand même la chance de pas pouvoir descendre plus bas.

Derrière

Heureusement que notre derrière n'est pas devant sinon on ne pourrait pas s'asseoir.

Descente

L'avantage des descentes, c'est qu'elles ne sont pas fatiguantes à monter.

Désert

Les déserts sont abondamment peuplés de sable.

Il n'y a pas d'arbres dans le désert parce qu'on n'arrive pas à y faire pousser de l'eau.

Dans le désert, les rivières coulent à sec.

Désespéré

Un désespéré, c'est quelqu'un qui n'a plus assez d'énergie pour se fabriquer de la joie de vivre.

Désir

Quand on a du désir pour quelqu'un, c'est qu'on a envie de lui monter dessus.

Désolé

Dire qu'on est désolé, c'est faire semblant d'être honteux d'un truc qu'on a fait, alors qu'en fait on s'en fout complètement.

Dessert

À table, il faut toujours garder un trou pour se boucher le dessert.

Dessin animé

Quand on regarde un dessin animé, c'est tellement bien fait qu'on n'arrive pas à croire que c'est des vrais acteurs qui jouent dedans.

Les dessins animés japonais, c'est de l'escroquerie : ils remuent juste le dessin pour nous faire croire que ça bouge.

Destin

Notre destin, c'est ce qui va nous tomber sur la gueule quand on sera grand.

Deuil

Le deuil, c'est la mort de ceux qui restent après.

Deux-Chevaux

La Deux-Chevaux est une vieille bagnole qui se coupe en deux dans le film du « Corniaud » avec de Funès.

Deuxième

Quand on est deuxième, c'est qu'on est comme premier, mais avec un tout petit peu de retard.

Devoir

Il faut faire ses devoirs à la maison pour pouvoir dormir tranquillement à l'école.

Diabète

Le diabète est une délicieuse maladie sucrée.

Diable

Le diable est un vicieux qui se déguise en Jésus pour nous conseiller de faire des conneries.

Diagonale

Une diagonale est une ligne droite qui a le droit de partir en travers.

Diamètre

Le diamètre passe toujours au centre des cercles qui en ont un.

Diapason

Un diapason est un instrument de musique qui a l'inconvénient de ne jouer qu'une seule note.

Dictée

Faire une dictée, c'est recopier des bouts de vieux livres que plus personne ne veut lire.

Un écrivain est quelqu'un qui écrit des dictées juste pour nous embêter à l'école.

Dicton

Un dicton, c'est un proverbe qui donne des conseils idiots à suivre.

Dictionnaire

Un dictionnaire est toujours très lourd à cause du poids des mots.

Un dictionnaire est un livre compliqué à s'en servir parce qu'il faut deux mains pour le porter.

Diesel

Le diesel, c'est la même essence que les autres mais qui pue.

Dieu

Si Dieu est partout et nulle part à la fois, c'est qu'il ne sait pas ce qu'il veut.

Dieu est souvent triste parce qu'il n'existe pas.

Si Dieu voit tout ce que tout le monde fait, il doit pas s'emmerder.

Si Dieu devait vraiment s'occuper de tout le monde, il aurait même plus le temps d'écrire sa Bible.

Dimanche

Le dimanche est le jour du Seigneur des Anneaux.

Diocèse

Un diocèse est un triangle à deux côtés.

Diplomate

Les diplomates ne vivent que dans des grandes embrassades.

Directeur

À l'école, le dirlo, c'est celui qui dirlige tout.

Discipline

La discipline sert à faire tout ce qu'on veut sans se faire remarquer.

Dispute

Quand on se dispute, on est fâché pour la vie, mais ça dure jamais longtemps.

Dissolution

Quand le sucre fond dans le lait, il y a dix solutions.

Distributeur de billets

Dans les distributeurs de billets, l'argent est gratuit si on connaît le code.

Divorce

Un divorce, c'est quand on ne peut voir ses meubles que le week-end.

Le divorce, c'est dur, surtout pour savoir qui va garder le chat

Quand des gens mariés s'engueulent tout le temps, le divorce c'est pas fait pour les chiens.

Dix-neuvième siècle

Le dix-neuvième siècle a été mis avant le vingtième pour pas qu'on les confonde.

À Paris, le dix-neuvième siècle a surtout eu lieu dans le dix-neuvième arrondissement.

Dizaine

Une dizaine est un nombre au moins égal à celui de nos doigts (si on les a tous).

Dodo (faire)

Quand on va faire dodo, c'est qu'on va dodormir.

Doigt

Le funiculaire est le petit doigt de la main.

Domestique

Une femme de ménage est une femme domestiquée par l'homme.

Donner

Donner c'est donner, reprendre c'est voler, et c'est pour ça qu'il ne faut jamais rien donner à personne.

Doubler

Quand on double une voiture, il faut bien faire attention à ne pas la dépasser.

Douceur

La douceur, c'est la mollesse de l'amour.

Doudou

Un doudou, c'est un vieux bout de poupée qui sert de maman quand la vraie n'est pas là.

Dragée

À la sortie d'un baptême, la famille se lance des dragées à la gueule.

Drapeau

Les couleurs du drapeau français sont celles d'un hexagone : bleu, blanc et rouge.

Drogué

Pour être drogué, il faut manger des pétards à tous les repas.

Duteil (Yves)

Yves Duteil, c'est le chanteur qui dit qu'il faut obligatoirement prendre des enfants par la main pour les emmener vers demain.

Eau

L'eau n'a pas de couleur pour pas que les gens la confondent pas avec du vin.

L'eau est d'une couleur totalement inodore.

L'eau est un aliment fait uniquement avec des produits naturels.

L'eau propre sert surtout à nettoyer l'eau sale.

Si on mélange un atome d'oxygène avec deux atomes d'hydrogène, on obtient un verre d'eau.

Eau gazeuse

L'eau est plus légère que l'air quand elle est pétillante.

Eau de Javel

L'eau de Javel sert à laver l'eau pour la rendre plus claire.

Eau minérale

La canicule est une saison très chaude inventée par les marchands d'eau minérale.

Ébulition

Quand on fait bouillir du lait, le lait déborde parce que la casserole devient plus petite sous l'effet de la chaleur.

Échappement (gaz d')

Les gaz d'échappement sont nuisibles pour la santé des voitures.

Échec

Un échec, c'est de la réussite ratée.

L'échec scolaire, c'est une école où les profs sont nuls.

Échelle

Une échelle sert à monter d'un côté et à tomber de l'autre.

Quand on passe sous une échelle, ça peut porter malheur à celui qui est dessus.

Éclair

Un éclair est une lumière en zigzag dans le ciel, quand il n'est pas en chocolat.

Éclipse

Quand il y a une éclipse, la lune vient se cacher sur la terre.

École

L'école sert à remplir les têtes des enfants vides.

Quand les parents n'aiment plus leurs enfants, ils les mettent à l'école pour s'en débarrasser.

L'école, c'est l'endroit où les jeunes viennent apprendre des choses qui ne servent à rien dans la vraie vie.

Avant d'entrer en sixième, il faut passer par l'ère primaire.

Écologiste

Les écologistes s'appellent des Verts parce qu'ils aiment bien les animaux de cette couleur-là.

Économie de marché

L'économie de marché permet de faire ses courses en économisant.

Économiste

Pour éplucher les pommes de terre, il faut se servir d'un économiste.

Écriture

L'écriture sert à savoir taper sur un ordinateur.

En France, on écrit de gauche à droite. Les Arabes, eux, écrivent de droite à gauche, mais c'est pas grave parce qu'on ne comprend pas leur écriture.

Écrivain

La France est le premier pays producteur d'écrivains français.

Les écrivains n'ont pas de femmes parce qu'ils préfèrent vivre avec des livres.

Aujourd'hui, on n'a plus besoin d'écrivains puisqu'il y a Internet.

Égalité

Depuis l'égalité des hommes et des femmes, les femmes sont les égales des hommes qui ne font rien.

Élection

Les élections, c'est ça qui permet aux Français de choisir les moins pires de la politique.

Électricité

L'électricité est un fluide mais il faut quand même faire attention à ne pas se faire piquer en la buvant.

L'électricité a été inventée pour qu'on en ait.

On dit « courant électrique » parce que la lumière court dans les fils pour aller plus vite chez les gens.

Éléphant

L'éléphant est surtout connu pour ses célèbres mémoires.

La maman éléphant élève ses petits à coups de trompe dans la gueule.

Un éléphant est équipé d'une trompe pour tromper énormément.

Quand il devient vieux, l'éléphant doit vendre ses défenses en ivoire pour survivre.

Émail

Les baignoires ont en commun avec les dents d'être fabriquées en émail.

E-mail

Un e-mail est un courrier qu'on reçoit parce qu'on n'a pas mis de timbre.

Embouchure

Les fleuves se jettent dans la mer, et les rivières dans la terre.

Empire

L'Empire, c'était comme la Royauté mais en pire.

Emploi

Souvent, les gens cherchent du travail et ils ne trouvent qu'un emploi.

Emprunter

Quand on emprunte de l'argent, il faut le rendre si on ne l'a pas volé.

Enceinte

Quand une femme est enceinte, elle a un gros derrière qui lui pousse sur le devant.

Encyclopédie

Une encyclopédie est un dictionnaire multiplié par plusieurs.

Endive

L'endive fait partie de la famille des salades vertes, mais en blanc.

Énergie nucléaire

Les bombes atomiques sont inoffensives quand elles servent à faire de l'électricité.

Bientôt, il n'y aura plus d'énergie nucléaire parce que toutes les mines de charbon sont en train de fermer.

Enfant

Les enfants sont le fruit de l'amour. Surtout les filles.

Quand j'aurai des enfants, j'aimerais que leur perfection me ressemble.

Enseignant

Un professeur d'école n'a pas le droit de frapper les élèves, sauf si ça lui fait du bien.

Enseignement

L'enseignement est la seule chose que les professeurs ont été capables d'apprendre.

Entraîneur

Au foot, le rôle de l'entraîneur est de gueuler tout le temps en faisant des grands gestes pendant les matchs.

Éolienne

L'énergie éolienne n'est pas très rentable dans les pays où le vent est inconnu.

Épidémie

Quand il y a une épidémie, tous ceux qui en ont envie ont le droit d'être malades.

Épilation

Quand les filles s'épilent, c'est pour enlever la fourrure qu'elles ont en trop.

Épluchure

Les épluchures, c'est la peau qui reste des pommes de terre quand on les a écorchées.

Éponge

L'éponge est généreuse parce qu'elle rend toujours l'eau qu'elle avale.

Une éponge sert à cacher l'eau qu'on ne veut plus voir.

Équateur

L'équateur sert à partager le monde entre les pays riches et ceux qui n'ont rien à manger.

Équilibre

Quand on est en équilibre, c'est qu'on ne sait pas encore de quel côté on préfère tomber.

Escalier

Un escalier sert à monter si on n'est pas en train de descendre.

Espagne

La nourriture préférée des Espagnols est la corrida.

Les Espagnols aiment bien s'amuser la nuit en faisant la Fordfiesta.

Espoir

L'argent, c'est l'espoir des pauvres.

Tant qu'il y a de la vie, il y a de l'espoir, sauf quand on est mort.

Esquimau

Les grandes cultures des Esquimaux sont le lichen et les ours polaires.

Les Esquimaux se déplacent sur des chiens blancs nommés traîneaux.

Essence

L'essence sert à tomber en panne quand on n'en a plus assez.

Quand il n'y aura plus de pétrole et d'essence sur terre, les voitures ne pourront plus rouler qu'en descente.

Éternité

L'éternité, personne ne sait ce que c'est : ça durera ce que ça durera.

L'éternité, c'est quand on aura tout le temps de voir passer le temps.

Étoile filante

Quand il n'y a pas de nuages la nuit, on peut observer des étoiles filantes complètement immobiles.

Quand on aperçoit une étoile filante, il faut se faire un vieux

Étourdi

Quand on est étourdi, c'est qu'on a tout d'un coup oublié de penser.

Euro

L'euro a remplacé le dollar dans tous les pays d'Europe.

Europe

L'Europe se compose prncipalement de tous les pays d'Europe.

Euthanasie

L'euthanasie, c'est la mort des gens qui ne veulent pas mourir.

Évaporation

Quand l'eau s'évapore, on s'aperçoit que la casserole reste toute seule.

Examen

Les examens d'école sont utiles pour le dépistage de l'ignorance.

Excuse

Une excuse, c'est des baratins qu'on invente pour se faire pardonner.

Exubérant

Un enfant qui est exubérant en fait toujours plus que beaucoup trop.

Faim

La faim dans le monde est un grave problème,
surtout pour ceux qui n'ont rien à manger.

Fainéant

Quand on est fainéant, ça veut dire qu'on aime
bien faire du néant.

Famille

Dès sa naissance, l'homme est enfermé dans la
cellule familiale.

Famine

Grâce à la famine, les pauvres aussi ont le droit de mourir de faim.

Fantôme

La nourriture préférée des fantômes est les vieux draps blancs.

Farine

C'est en été que la farine sort de terre pour être moissonnée.

Pour faire du pain, il faut mélanger de la farine avec du blé.

Faure (Félix)

Il paraît qu'il y a eu un président de la République qui est mort en train de faire l'amour, mais ce n'est pas Jacques Chirac.

Femme

La femme a été le premier animal domestiqué par l'homme.

Fer à cheval

Le fer à cheval sert à porter bonheur aux pieds des chevaux.

Fer à repasser

Les fers à repasser servent à défriser le linge sale.

Ferry (Jules)

Jules Ferry, c'est le ministre qui a inventé l'intelligence gratuite pour tous les enfants.

Jules Ferry est surtout connu pour ses rues et ses boulevards.

Fêtes religieuses

Dans les fêtes, en France, il n'y en a toujours que pour Jésus, et c'est pour ça que c'est bien de supprimer la Pentecôte.

Feu

Quand les premiers hommes ont inventé le feu, ils ont trouvé ça idiot parce que ça brûlait.

L'homme a dû inventer l'eau pour lutter contre le feu.

Feu rouge

Quand le feu est rouge, on est obligé d'attendre que des gens viennent le changer pour en mettre un autre qui sera vert.

Fesse

Nos fesses n'ont pas d'os dedans pour garder toute leur souplesse.

Fiancée

Une fiancée, c'est une fille qui n'a pas encore assez d'organes de femme pour pouvoir se marier.

Quand on a une fiancée, il faut lui écrire des lettres dégoulinantes d'amour.

Fidélité

Les gens comme les parents sont fidèles parce qu'ils ont juré de s'aimer pour le meilleur du pire.

Fièvre

Quand la température de l'homme dépasse 37°, il se met à bouillir.

« Figaro (le) »

« Le Figaro » est un journal qui ne donne toujours que des bonnes nouvelles de toutes les catastrophes.

Finistère

Le Finstère est la seule région de France où on peut voir l'Amérique quand il fait beau.

Fleur

Les fleurs sont jolies parce que si elles étaient moches, on les achèterait pas.

L'accouchement des fleurs a toujours lieu au printemps.

Fleuve

Tous les fleuves se jettent dans les bras de la mère.

Un fleuve a la particularité de toujours couler dans le sens de l'eau.

Flotter

Pour bien flotter, il faut qu'un bateau ne coule pas.

Foie

Le foie est un organe sécrété par l'alcoolisme.

Foie gras

Il faut tuer beaucoup de dindes de Noël pour faire un foie gras.

Fonctionnaire

Les fonctionnaires sont des gens qu'on paye pour leur faire croire qu'ils ont un travail.

Football

Le football n'est pas un sport de filles parce qu'elles n'ont pas assez de poils sur les cuisses.

Le problème du foot, c'est qu'il n'y a qu'un seul ballon.

Dans le Onze de France, il y a vingt-deux joueurs.

Dans un match de football, ceux qui perdent sont souvent ceux qui ne gagnent pas.

Formule 1

Les pilotes de Formule 1 sont les seuls qui ont le droit de passer le mur du son sans se faire arrêter par la police.

Fou

Un fou, c'est un homme ou une femme qui raconte toutes les conneries que les gens normaux n'osent pas dire.

Foudre

Quand il y a un orage avec de la foudre, il faut se mettre à plat ventre sous la terre et arrêter de monter dans les arbres.

La foudre ne tombe jamais deux fois au même endroit pour varier les plaisirs.

Fourmi

La fourmi est un insecte travailleuse qui ne perd pas son temps à chanter tout l'été comme d'autres.

Fourrière

La fourrière, c'est l'endroit où on peut adopter des chiens et des voitures.

Fracture

Le bras droit est celui qu'il vaut mieux se casser si on veut manquer l'école.

Franchise

Quelqu'un qui a de la franchise peut se regarder lui-même les yeux dans les yeux sans rougir.

Frigorifié

Quand on est frigorifé, c'est qu'on commence à ressembler à un frigidaire.

Frisé

Les Noirs ont les cheveux frisés à cause de l'humidité de la jungle.

Frites

Les frites sont fabriquées avec des pommes de terre de forme carrée.

Froid

Le froid se différencie de la chaleur à cause de sa forte température.

Le froid est indispensable pour congeler quand on n'a pas d'autre source de chaleur.

Fromage

Les fromages puent et pourtant ils n'ont pas de pieds.

Il faut dire « à pâte molle » pour les fromages faits avec du lait liquide.

Tous les fromages viennent de Hollande, sauf tous les autres fromages de France et du monde entier.

Frontière

Depuis la dernière guerre, la France n'a plus aucune frontière avec l'Allemagne.

Fruit

Les fruits sont des légumes en forme de sucré.

Fumer

Les gens qui fument des cigarettes raccourcissent leur vie de cinq centimètres.

La fumée du tabac est très mauvaise pour les cigarettes.

Fumier

Le fumier est fabriqué avec du déchet de cultivateur.

Funès (Louis de)

Quand il se déguisait en moyen âge, Louis de Funès était l'acteur préféré de Louis XIV.

Fusée

Quand on monte dans une fusée, on devient un astrologue.

Fusil

À partir de la Révolution française, les fusils ont été remplacés par la force des baïonnettes.

Galilée

Galilée a été condamné à mort parce qu'il est le premier à avoir fait tourner la terre.

Garderie

La garderie, c'est fait pour les orphelins dont les parents travaillent tard le soir.

Gardien

Un gardien est un homme qui a honte de dire qu'il est concierge.

Gare

Dans les gares, il faut se méfier parce que souvent un train s'amuse à se cacher derrière un autre.

Gastronomie

La gastronomie est une maladie du ventre des gens qui mangent trop.

Gaule

La gaule a été envahie par les Gaullistes à l'époque de Vercingétorix.

Gaulle (Charles de)

Le général de Gaulle est le plus illustre des soldats inconnus.

Au début, de Gaulle n'était qu'un pauvre prisonnier en fuite vêtu de haillons.

Personne n'aurait jamais parlé de de Gaulle s'il n'avait pas existé.

Pendant la guerre, de Gaulle s'est sauvé en Angleterre pour se cacher dans le fameux brouillard londonien.

À la radio de Londres, de Gaulle envoyait de mauvaises ondes.

Gaz

Le gaz, c'est de l'électricité mais qui sent mauvais.

« Gazon maudit »

« Gazon maudit » est un film qui raconte l'histoire de deux filles que leur mari veut pas qu'elles prennent des bains ensemble.

Gendarmerie

Quand on lit « gendarmerie » sur une voiture, c'est que c'est pas des vrais gendarmes parce que normalement il doit y avoir écrit « eiremradneg ».

Généalogie

Les Français sont de plus en plus intéressés par leur arbre gynécologique.

Génétique

Avec la génétique, on va bientôt arriver à clowner les gens.

Géniteur

Le géniteur est le mâle de la génisse.

Genou

Le genou est le seul os qui réussit à plier notre anatomie en deux.

Giscard d'Estaing (Valéry)

Quand il était à l'Élysée, Giscard mangeait les diamants du peuple.

Le président Giscard n'est connu que parce qu'on a mis son nom dans le dictionnaire.

Giscard d'Estaing fut le dernier membre de la Noblesse à régner sur la France.

Gladiateur

Dans les cirques romains, les gladiateurs mangeaient des chrétiens pour faire rire les gens.

Globule

Les globules rouges forment une équipe appelée groupe sanguin.

Quand les globules verts vieillissent, ils deviennent rouges.

Golf

La guerre du golf se joue avec des petites balles blanches et des clubs en fer.

Goudron

Sur les routes, on met du goudron pour empêcher les voitures de s'enfoncer dans la terre.

Grâcieux

Quand on est trop grâcieux, c'est qu'on est devenu obèse.

Grammaire

La grammaire ne sert à rien puisqu'elle est trop compliquée à comprendre.

Grande-Bretagne

Les Anglais ont volé le nom de notre Bretagne pour se faire un grand pays.

L'hymne national des Anglais est le « God save the Gouine ».

Grands-parents

Mes grands-parents appartiennent aux parties génitales de ma famille.

Gratuit

Quand une chose est gratuite, c'est qu'on a le droit de la payer sans argent.

Grec

Les Grecs ont été les premiers hommes à cultiver des temples.

Greenwich

Le méridien de Greenwich permet de savoir si notre montre est à l'heure.

Grenouille

La grenouille est surtout connue pour ses célèbres cuisses.

La grenouille est un animal qui se veut se faire aussi bonne que la viande de bœuf.

Grève

Qand il y a une grève, les gens arrêtent de travailler pour être encore plus paresseux que d'habitude.

Au dix-neuvième siècle, la révolution industrielle a permis d'inventer la grève.

Gribouillage

Quand on veut faire plaisir aux parents mais qu'on n'a pas le temps, on leur fait un gribouillage vite fait.

Gros mot

Un grot mot est un mot qui fait rire les enfants et pas les parents.

Grossesse

La grossesse est une époque merveilleuse pour les mamans qui sont contentes de devenir grosses comme des vaches.

Guêpe

Quand on se fait piquer par une guêpe, il faut demander à quelqu'un de vous sucer le dard.

Guerre

La guerre est une action qui consiste à ne pas faire la paix.

Guerre de Cent Ans

La guerre de Cent ans a duré de 1914 à 1918.

Guerre du Feu

La Guerre du Feu a duré cent ans, mais c'est les Français qui ont gagné.

Guerre Mondiale 1914-1918

La première guerre mondiale a fait une dizaine de morts, mais seulement chez les Allemands.

À la guerre de 14-18, les soldats mouraient plusieurs fois : d'abord à cause des bombes, et ensuite parce qu'on les forçait à manger de la boue.

Dans les tranchées, les soldats menaient une vie paisible et aérée.

Notre pays a perdu la guerre de 14-18 parce que Pétain a fait la bêtise de fusiller tous les soldats français.

Guerre Mondiale 1939-1945

Le gouvernement de Vichy siégeait à Bordeaux.

La Deuxième guerre mondiale fut une période de paix et de prospérité pour l'Allemagne.

Les Italiens étaient tellement paresseux qu'ils ont fait la guerre à la France parce qu'on était juste à côté de chez eux.

Guignols

Les Guignols de la télé ont des têtes en plastique qui sont souvent plus ressemblantes que les vraies.

Guillotine

La guillotine était une machine à découper les hommes en rondelles de saucisson.

Pendant la Révolution, les guillotinés survivaient rarement à leurs blessures.

Avant la guillotine, les condamnés à mort étaient exécutés sur une chaise électrique.

Guitare

Une guitare a un manche grand comme un balai pour pouvoir accrocher les ficelles à musique.

Gynécologue

Les gynécologues sont les seuls hommes qui ont le droit de rentrer tout entier dans le ventre des femmes.

h

Haine

Quand on a la haine, c'est qu'on aime bien les gens, mais pas trop quand même.

Halloween

Halloween est le jour où on fête l'anniversaire des citrouilles.

Hallyday (Johnny)

Johnny s'est marié plein de fois pour pouvoir écrire des chansons tristes comme « Ne me quitte pas ».

Handball

Le handball est exactement le même jeu que le football mais avec les mains.

Hectare

Un hectare est une dimension réservée aux paysans.

Henri IV

Le roi Henri portait le numéro 4 parce qu'il avait quatre ans à sa naissance.

Henri IV se reconnaissait à ses panachés tout blancs.

Le bon roi Henri IV a imposé sa gentillesse légendaire par la terreur.

Henri IV était aussi appelé Poule-au-pot par son peuple.

Hérédité

L'hérédité, c'est quand on ressemble à ses parents et qu'on n'est pas très content de ça.

Hérisson

Le hérisson est un petit rongeur de la famille des piquants.

Les hérissons sont les victimes de l'acupuncture.

Héritage

La mort sert à donner son argent à ses enfants qui attendent les sous.

Hier

Hier, c'est comme demain, mais un jour avant.

Hirondelle

Comme dit le proverbe, l'hirondelle ne se fait pas au printemps.

Histoire de France

L'Histoire de notre pays est facile à se rappeler puisqu'elle se compose uniquement de glorieuses victoires.

Hitler (Adolf)

Hitler a voulu se prendre pour Napoléon mais malheureusement il ne parlait que l'allemand.

Hitler voulait créer la race des Acariens.

Hiver

L'hiver est provoqué par la disparition brutale de l'été, en automne.

H.L.M.

Une H.L.M. est une Habitation Lamentable et Minable.

Les H.L.M. sont des bidonvilles plus hauts et un peu plus solides.

Hollande

La Hollande est un pays marécageux souvent recouvert par la mer et les tulipes.

Homosexuel

Un homosexuel est un garçon qui a peur de tomber dans le trou des filles.

Hôpital

À l'hôpital, les gens meurent généralement de la bouffe qu'on leur donne.

Quand on meurt à l'hôpital, on ne meurt pas dans son lit mais dans celui des autres.

Horizon

La nuit, l'horizon n'existe pas.

Horizontal

La surface de l'eau est toujours horizontale, sauf quand elle penche.

Hors-la-loi

Un hors-la-loi, c'est quelqu'un qui arrête de lire le Code pénal parce qu'il n'y comprend rien.

Hugo (Victor)

Dès la naissance de Victor Hugo, son génie a été reconnu par le monde entier.

Dans le temps, les misérables se nourrissaient principalement de la poésie de Victor Hugo.

Huile

L'huile est plus lourde que l'eau parce que l'eau est moins lourde qu'elle.

L'huile d'olive est fabriquée avec du colza.

Huitre

Les huîtres vivent dans des cailloux pour se protéger des poissonniers.

Les huitres viennent de chez marraine.

Humide

Quand elle est trop mouillée, on dit que l'eau est humide.

Humour

L'humour, c'est ce qui fait rire les imbéciles heureux.

Hygiène

L'hygiène a été inventée par le grand savant Pasteur.

Iceberg

L'exemple du Titanic sert à démontrer l'agressivité des icebergs.

Île

Les îles sont solidement reliées aux continents par de l'eau de mer.

Les îles sont formées de cailloux et de plages qui flottent sur la mer.

Île de Ré

L'île de ré est une note de musique.

Île-de-France

L'île-de-France est entourée de nombreux massifs urbains.

Illettré

Un illettré est quelqu'un qui n'écrit que pour les gens qui ne savent pas lire.

Les enfants illettrés sont ceux qui n'écrivent pas de lettres à leurs parents pendant les vacances.

Impossible

Impossible n'est pas français, sauf quand on est étranger.

Impotent

Quand de l'eau n'est pas potable, on dit qu'elle est impotente.

Incendie

Un incendie est un feu qui est magnifique s'il arrive chez les autres.

Incinération

Quand on se fait incinérer, on se fait des brûlures qui peuvent être mortelles.

« Inconnus (Les) »

Dès qu'ils se sont appelées « Les Inconnus », ils ont été connus partout.

Inde

En Inde, les vaches ont la priorité à droite.

Infarctus

Quand on fait un arrêt cardiaque pendant trop longtemps, on risque d'avoir un infractus.

Infirmerie

On va à l'infirmerie quand on n'a que des petites maladies en attendant d'en avoir des grosses pour pouvoir mourir à l'hôpital.

Inondation

Quand les pompiers arrivent sur une inondation, ils l'éteignent en l'arrosant avec beaucoup d'eau.

Instinct maternel

Grâce à l'instinct maternel, les femmes peuvent reconnaître leurs petits.

Intelligence

Ça ne sert à rien d'être intelligent si on est complètement idiot.

L'intelligence est le plus gros muscle du cerveau.

Quand on travaille beaucoup à l'école, on ressent bien les douleurs de l'intelligence.

Intestin

Le gros intestin doit se jeter dans les W.C. après la digestion.

Invariable

Un mot invariable est un mot qui n'a pas le droit de bouger de comme il est.

Inventeur

Les inventeurs sont des gens qui trouvent des trucs tellement simples que personne n'y avait jamais pensé.

Invention

Il paraît qu'il y a des objets qui ont les noms des personnes qui les ont inventés. Par exemple : monsieur Poubelle a existé, et monsieur Diesel et monsieur Frigidaire et monsieur Mobylette.

Italie

Le peuple italien est le premier constructeur mondiale de ruines.

Les deux créateurs de l'Italie sont Romus (qui a donné son nom à la ville de Rome) et Rébus (qui a donné son nom à un jeu).

La langue maternelle des Italiens est la pizza.

Ivresse

Quand on est bourré, il faut mettre son coude sur son genou et ça passe tout de suite.

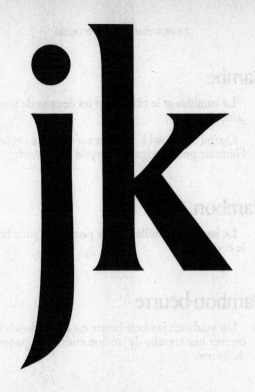

Jackson (Michael)

Michael Jackson aime bien les enfants, surtout ceux des autres.

Jalousie

La jalousie, c'est quand on aime quelqu'un plus qu'un autre, mais que l'autre a quand même gagné la fille.

Jambe

Le cumulus et le tibius sont les deux os de nos jambes.

Quand il a réussi à marcher sur ses deux jambes, l'homme préhistorique fut appelé unijambiste.

Jambon

Le jambon s'habille en rose parce qu'il aime bien le cochon.

Jambon-beurre

Un sandwich jambon-beurre est un sandwich où on met une tranche de jambon entre deux paquets de beurre.

Jamel (Debouze)

Jamel est le plus bel exemple que même les Arabes peuvent être drôles et riches.

Janvier

Janvier est le premier mois de l'année parce que l'année commence en janvier.

Japon

Les Japonais sont très petits parce qu'ils sont très peuplés.

Les Japonais ont eu la chance d'être le premier peuple à bénéficier de l'énergie nucléaire.

Les Japonais sont jaunes parce qu'ils habitent un peu trop près des Chinois.

Jeanne d'Arc

Jeanne d'Arc s'appelait « la pucelle » parce qu'elle ne se lavait jamais et avait plein de puces partout.

Jeanne d'Arc est morte dans un incendie à Rouen.

Jeanne d'Arc a été détestée par les Anglais parce qu'elle brûlait mal.

Jésus-Christ

Quand il est né, Jésus était déjà âgé de 33 ans.

Jésus est le premier homme préhistorique qui ne descendait pas du singe.

Jésus était célibataire, comme sa mère.

Quand Jésus a ressuscité, il a été faire le malin devant ses copains avant de s'envoler.

Jésus était un escroc : quand il allait chez le boulanger, il n'achetait qu'un seul pain et après il le multipliait pour en donner à tout le monde.

C'est Jésus qui est l'actionnaire majoritaire de la société catholique.

Jeux olympiques

Le drapeau olympique est fait avec des anneaux qui se sont emmêlés amoureusement.

Joconde (la)

La Joconde est le monument le plus fréquenté de France.

Jogging

Les vieux font du jogging pour faire croire à tout le monde qu'ils ont encore des jambes jeunes.

Joie

La joie, c'est quand on a du sourire plein les dents.

Joseph (saint)

Joseph, le père de Jésus, était charpentier : c'est lui qui a cloué son fils sur une croix en bois.

Jospin (Lionel)

Lionel Jospin s'est battu contre le chômage et c'est comme ça qu'il a perdu son travail.

Joue

Quand on a les joues roses, c'est qu'elles sont toutes gonflées avec de la bonne santé.

Les joues sont comme des airbags pour les dents.

Jour

Pour que le jour se lève, il faut qu'il attende que la nuit se couche.

Journal

On achète un journal pour lire les informations qu'on a déjà vues à la télé.

Journaux gratuits

Il y a des journaux qui sont gratuits, mais c'est parce qu'ils donnent des fausses informations qui ne valent rien.

Jura

Le Jura est une montagne spécialisée dans les petits sommets.

Jurer

Pour jurer, il faut cracher sur un autre être humain pour que ça soit valable.

Kilt

Un kilt est une robe aux couleurs ridicules que portent les homosexuels écossais.

Les Écossais s'habillent avec des jupes pour ne pas ressembler à leurs vieux ennemis, les Anglais.

Lady Di

Lady Di s'est tuée en voiture parce que boire ou conduire, il faut choisir.

La Fontaine (Jean de)

Le poète Jean de La Fontaine a écrit les fables de multiplication.

Les fables de La Fontaine racontent des histoires fausses, comme celle du corbeau qui est amoureux d'un fromage.

C'est Pierre Perret qui a écrit toutes les fables de La Fontaine.

Laideur

Quelqu'un qui est laid, c'est quelqu'un qui est mochement joli.

Langue

Pour faire un baiser, il faut enfoncer toute la longueur de sa langue dans la fille.

La langue sert à rentrer l'air dans les poumons.

Langue étrangère

Ça ne sert à rien d'aprendre des langues étrangères puisqu'on n'est pas étrangers.

Les langues étrangères servent à ne pas parler français.

Langues mortes

Ceux qui apprennent des langues mortes ne pourront jamais parler à des vivants.

Lapin

Le lapin fait partie de la famille des rongeurs parce qu'il se ronge les ongles.

Le lapin peut se reproduire des millions de fois en une heure.

Lèche-cul

Si on est d'accord avec la maîtresse, alors 2 et 2 font 4.

Lèche-vitrine

Quand on dit qu'on fait du lèche-vitrine, ça veut quand même pas dire qu'il faut vraiment lécher les vitres des magasins.

Lecture

La lecture a été inventée pour ceux qui ne savaient pas écrire.

La lecture perrmet à l'homme de devenir myope.

Léger

Quelque chose de léger est quelque chose de lourd mais dont on ne sent pas le poids.

Légion d'Honneur

Les gens trop célèbres peuvent attraper la Légion d'Honneur.

Le Mans

Le Mans est une ville qui ne vit que vingt-quatre heures par an.

Lèpre

La lèpre était une terrible maladie du moyen âge qui obligeait les gens à manger leurs mains.

Ligne

Une ligne droite devient rectiligne quand elle tourne.

Livre

Quand on veut écrire un livre, il faut être équipée d'un stylo imaginaire.

Les livres sont nuisibles à la santé des yeux.

Une bibliothèque, c'est comme un cimetière pour les vieux livres.

Livre de poche

Les livres de poche ont été inventés pour que les gens peuvent lire dans leurs poches.

Location

Il ne faut jamais louer d'appartements, sinon on risque d'avoir à payer des loyers.

Locomotive

Avant, pour les trains, les locomotives étaient à voile et à vapeur.

Loi

Les lois sont faites pour qu'on ne les comprenne pas.

Les lois changent tellement souvent que les gens finissent par ne plus y croire.

Loire

La Loire est un fleuve turbulent qui coule de long en large.

La Loire est un fleuve qui permet de naviguer au sec sur des bancs de sable.

Londres

La gare de Londres s'appelle Waterloo pour rappeler leur défaite aux Anglais.

Loto

L'injustice du Loto, c'est que c'est toujours des pauvres qui gagnent.

Louis XIV

Le « Grand Siècle » fut un siècle beaucoup plus long que tous les autres.

C'est Louis XIV qui a ordonné à la Terre de tourner et de ne plus être plate.

Louis XIV est mort si vieux que personne n'était plus là pour s'en apercevoir.

Louis XV

Avant d'être un homme, Louis XV était un dauphin.

Louis XV était appelé « le bien-aimé » à cause de la haine du peuple pour lui.

Madame de Pompidou était la femme cachée qui accompagnait Louis XV partout.

On se souvient très bien de Louis XV parce qu'il n'a absolument rien fait comme roi.

Louis XVI

Si Louis XV n'avait eu que des filles, il n'y aurait pas eu la Révolution.

Louis XVI a été déculotté par la Révolution française.

La principale conséquence de l'exécution de Louis XVI fut sa mort brutale.

Louis XVII

Louis XVII est le seul roi qui a régné sans exister.

Louis XVIII

On ne sait à peu près rien de Louis XVIII à part son gros poids.

Lumière

La lumière est un carburant donné gratuitement à l'homme par le lever du jour.

Lumières (siècle des)

Le Siècle des Lumières reste connu parce que c'est là qu'on a inventé l'électricité.

Lumière (vitesse de la)

La vitesse de la lumière est égale à la vitesse qu'une lampe met à s'allumer.

Lundi

La vie est mal faite car après le dimanche il y a le lundi.

Lune

Quand la lune est pleine, ça veut dire qu'il y a beaucoup de monde dessus.

La lune est un astre mort. Autre exemple d'astre mort : la lune.

Lunettes

Les lunettes permettent de mieux voir de près quand on est loin.

Lupin (Arsène)

Arsène Lupin était un cambrioleur hyper-classe qui ne volait jamais les milliardaires pauvres.

Lutte

La lutte gréco-romaine opposa longtemps les armées de ces deux pays.

Lycée

Les lycées et les collèges portent tous des noms d'écrivains français très connus. Exemples : Pasteur, Renoir ou Henri IV.

Lyon

Lyon est plantée fièrement au confluent de la Loire et du Rhône.

La ville de Lyon porte un nom d'animal qui aurait un *y*.

Machine

Sans les pannes, les machines seraient inhumaines.

Macias (Enrico)

Enrico Macias est un chanteur noir, surtout des pieds.

Maginot (ligne)

La ligne Maginot a été construite pour empêcher l'invasion des touristes allemands.

Maigre

Quand on est trop maigre, c'est qu'on n'a que le squelette sur la peau.

Maigret (commissaire)

Maigret est un vieux commissaire qui fume des pipes qui sentent mauvais quand il passe à la télévision.

Le prénom du commissaire Maigret est Bruno.

Maillot jaune

Le maillot jaune est jaune surtout parce qu'il n'est pas d'une autre couleur.

Maire

Le maire est le chef du village mais aujourd'hui on ne le porte plus sur un bouclier.

Maïs

Le maïs est jaune et pourtant il est cultivé par un géant d'une autre couleur, vert.

Maladie

Le plus grand miracle de la médecine, c'est la maladie.

Maman

Une maman, ça sert à avoir des gros seins que le docteur remplit de lait quand elle va avoir un bébé.

Une maman a toujours deux bras, un pour nous caresser et un autre pour donner des fessées.

Mammouth

Le mammouth est un magasin de l'époque des dinosaures.

Manche

Napoléon a creusé le tunnel sous la Manche pour attaquer les Anglais par surprise la nuit.

Blaireau a été le premier homme à traverser la Manche en avion.

Manger

L'appétit vient en mangeant sauf pour ceux qui n'ont rien à manger.

Marat (Jean-Paul)

Le révolutionnaire Marat est mort d'une baignade.

Marat est mort dans son bain en prenant exemple sur Claude François.

Marceau (Sophie)

Sophie marceau s'est fait connaître en faisant une boum.

Marcher

Quand on marche, il ne faut pas que chaque pied avance en même temps en avant, sinon on tombe.

Marée

Pour que la marée monte, il faut bien que la terre descende un peu.

Le phénomène des marées est dû à l'influence de la lune : quand la lune descend, la mer monte, et vice versa.

Mariage

Pour se marier, il faut d'abord passer sous monsieur le maire.

Quand on se marie, c'est pour la vie et même des fois plus.

Quand on se marie, on se met la corde au cul.

Marie-Antoinette (reine)

La reine Marie-Antoinette a été tuée par le peuple parce qu'elle faisait manger de la brioche à ses moutons.

Marignan

Le numéro de téléphone de la bataille de Marignan est le 1515.

Marin

Le marin est le mari de la marraine.

Marron

Les marrons sont des châtaignes bonnes à manger, mais mortelles si on les mange.

« Marseillaise (la) »

La « Marseillaise » est le chant de la patrie qui dit qu'il faut mettre du sang dans les sillons.

Marseille

À Marseille, quand il fait beau, on peut apercevoir les côtes de l'Angleterre.

Martel (Charles)

Charles Martel a vaincu les Arabes à moitié.

Massif

Un massif de fleurs est comme un massif montagneux où les pierres sont des fleurs.

Mathématiques

Les mathématiques servent à compter les chiffres pour en faire des nombres.

L'arithmétique et le calcul n'existent plus : ils ont été remplacés par les mathématiques.

Le principe de base des mathématiques est que 2 et 2 font 4 sous toutes les latitudes.

Mathieu (Mireille)

Mireille Mathieu est une chanteuse accentuée.

Méchanceté

La méchanceté fait peur aux gens bons.

Médecin

Le médecin sert à inventer les maladies qu'on n'a pas encore.

Le rôle du médecin est de mettre des bouts de bois dans la bouche des enfants et de demander beaucoup d'argent aux parents.

Médecine

La médecine a fait de gros progrès depuis l'invention de la mort.

Médicament

La plupart des médicaments sont faits avec des plantes complètement chimiques.

Méditerranée

Méditerranée veut dire « née au milieu des terres », ce qui est idiot puisque toutes les mers ont de la terre autour.

Mégalo

Un mégalo, c'est le garagiste qui répare la voiture de mon père.

Mégot

Un mégot, c'est une cigarette qui a fini de donner son cancer.

Mémoire

Notre mémoire sert à se rappeler qu'il ne faut rien oublier.

Mensonge

Quand on ment, il paraît que ça se voit comme les oreilles au milieu de la figure.

Mensuel

Un mensuel est un journal quotidien qui ne sort que tous les mois.

Mer

La mer contient de l'eau avec une pincée de sel.

Quand on ne la regarde pas, la mer en profite pour monter.

Les poissons aiment la mer pour son climat humide.

On a remarqué que les fonds sous-marins préfèrent vivre sous la mer.

Mercredi

Le mercredi est un jour de congé en souvenir de tous les enfants morts à l'école.

Mercure

Le mercure est le seul liquide imbuvable parce qu'il est solide.

Mère

Quand on est très en colère contre elle, on ne dit pas « ma maman » mais « ma mère ».

Méridien

Le monde est divisé en deux fuseaux horaires : l'heure d'hiver et l'heure d'été.

Merveille

Les sept merveilles du monde sont l'avarice, la colère, l'envie, la gourmandise, la luxure, l'orgueil et la paresse.

Métal

Quand on le chauffe, le métal rougit sous l'effet de la douleur.

Météo

Avec la météo, on peut savoir s'il y aura du temps ou non.

La météo est une science qui se laisse bercer au rythme des caprices de la nature.

Grâce à la télé, on peut choisir son temps qu'il va faire.

Métro

Au siècle dernier, la fumée des locomotives faisait mourir les gens dans les tunnels du métro.

Meugler

Le meuglement est le cri de la vache quand elle est prête à attaquer.

Microbe

Les bons microbes sont ceux qui nous font mourir plus lentement.

Il faut prendre un bain au moins une fois par an si on veut lutter contre l'environnement sale.

Microscope

Le microscope est l'endroit où se réunissent les microbes et les bactéries.

Milieu

Le milieu a été inventé pour qu'il y ait quelque chose entre le début et la fin.

Mineur

Un mineur est un enfant qui n'a pas encore le droit d'avoir dix-huit ans.

Ministre

Quand les ministres ont fini leur travail, les juges les envoient en prison.

Minute de silence

Le 11 novembre, on fait des minutes de silence pour applaudir les morts de la guerre.

Miracle

Jésus a transformé l'eau en vin par le miracle de l'évaporation.

Mitterrand (François)

Il faut prendre exemple sur François Mitterrand si on veut être vieux et connu.

François Mitterrand a sucédé à François Iᵉʳ.

Le président Mitterrand reste surtout connu parce qu'il avait plein de femmes à son enterrement.

Mitterrand avait une fille cachée qui s'appelait Mandarine.

Quand il a vu que Chirac était président à sa place, Mitterrand est mort.

Moelle

La moelle épinière est un liquide qui coule majestueusement dans les os humains.

C'est grâce à la moelle épineuse que nos os sont mous.

Moïse

Quand il voulait traverser la mer, Moïse marchait dessus en se prenant pour Jésus.

Moïse était le seul terrien à avoir le droit de téléphoner directement à Dieu.

Moïse a écrit la Bible sur des grosses feuilles de papier en pierre.

Molaire

C'est grâce à mes molaires que je peux m'astiquer.

Molière

Comme écrivain, Molière était un tragédien plutôt dans le genre comique.

Molière était marié avec une actrice nommée Maurice Béjart.

De toutes les pièces de Molière, « Les pierres précieuses ridicules » est la plus connue.

Molière est mort sur la Seine.

Mollesse

La mollesse permet à la femme d'être beaucoup plus souple que l'homme.

Mollusque

Les hommes qui ont oublié d'avoir un squelette s'appellent des mollusques.

Momie

Quand ils voyaient la mort arriver, les Égyptiens se déguisaient en momies pour ne pas se faire repérer.

Mont-Saint-Michel

Le Mont Saint-Michel est un rocher qui n'est navigable qu'à marée haute.

Montagne

Les montagnes sont des immenses plaines un peu vallonnées.

Quand les plaines sont inclinées et neigeuses, elles prennent le nom de montagnes.

Montaigne (Michel de)

Montaigne faisait exprès d'écrire en vieux français pour qu'on ne puisse pas le lire aujourd'hui.

Montre

Une montre est divisée en douze fuseaux horaires d'égale intensité.

Une montre sert à s'apercevoir qu'on est en retard quand on n'est pas à l'heure.

Si les montres n'avaient pas d'aiguilles, ça serait plus difficile de savoir l'heure.

Quand quelqu'un ne sait pas lire une montre, on se moque de lui en lui disant qu'il faut pas chercher midi à quatorze heures.

Morgue

La morgue est une maison en forme de congélateur où les gens meurent souvent de froid.

Mort

Pour savoir si on est mort, il faut écouter sa respiration et si on n'entend rien, c'est qu'on est mort.

La mort, c'est quand notre temps s'arrête de vivre.

La mort n'est jamais une bonne nouvelle, surtout pour ceux qu'on enterre.

Ma sœur était si malade à sa naissance qu'on a cru qu'elle allait rejoindre l'empire céleste.

Quand on est mort, c'est pour toute notre vie.

Mouche

La mouche a des ailes entièrement copiées sur celles des avions.

Mousquetaire

La devise des Trois mousquetaires était : « Un pour tous, tous pour tous. »

Mouton

Le mouton est un animal qui vit pareseussement de ses gigots.

La traite des moutons permet d'engendrer la laine.

À l'époque de la transhumance, les moutons traversent les océans pour aller dans des pays chauds.

Moyen âge

L'époque du moyen âge nous est très bien expliquée par Christian Clavier dans « Les Visiteurs » 1 et 2.

Mozart (Wolfgang Amadeus)

C'est surtout la musique de Mozart qui a permis de faire connaître Mozart dans le monde entier.

Mozart a fait beaucoup de messes pour les enterrements et c'est pour ça que les morts l'aiment bien.

Muguet

Le muguet est une fleur qui n'a le droit de pousser qu'un seul jour de l'année : c'est le premier mai.

Multiplication

Les multiplications se font sur des tables.

Muscle

À l'intérieur de nos bras, les muscles sont verts à cause des épinards.

Musée

Le musée du Louvre ne contient que des vieux marchands de peinture.

Musique

La musique consiste à faire du bruit avec des sons.

Musulman

Pour être musulman, il suffit de naître dans un Coran.

Mythologie

La mythologie, c'est que des histoires de gens incroyables qu'on voudrait nous faire croire qu'ils ont existé.

no

Nain

Blanche-Neige n'a pas eu de chance dans la vie :
ses sept enfants étaient tous ratés et nains.

Naissance

Quand nos parents étaient petits, ils croyaient
que les bébés accouchaient dans des choux.

À la naissance, les bébés sont tellement moches
que tout le monde a envie de les jeter.

Napoléon Ier

Il paraît que Napoléon n'a jamais mis les pieds en Corse où il a passé toute son enfance.

Napoléon portait un chapeau en forme d'empereur et il a pris sa retraite en Russie.

Napoléon était marié avec Sainte Hélène.

Napoléon a gagné toutes les batailles qu'il n'a pas perdues.

Sur tous les tableaux de peinture, on voit bien que Napoléon cachait son gros ventre avec sa main.

La devise des soldats de l'empereur Napoléon était : « La Garde meurt mais ne meurt pas ! »

Napoléon a fait ses adieux au music-hall à Fontainebleau.

À la fin de sa vie, Napoléon n'a mis que son cœur dans son tombeau aux Invalides et après il a été mourir ailleurs.

Napoléon III

Napoléon III était le fils de Napoléon II qui n'a jamais existé.

Nature

La nature passe son temps à tout remplir parce qu'elle a horreur du vide.

Naufrage

Quand un bateau risque de faire naufrage, il faut d'abord jeter les femmes et les enfants dans la mer pour faire du poids en moins.

Archimède a inventé un bon principe qui interdit le naufrage des bateaux.

Neige

La neige a été faite blanche pour pas qu'on la confonde avec de la boue.

Nerf

Le système nerveux n'existe que chez les personnes malades de la tête.

Nevers

En anglais, la ville de Nevers veut dire jamais.

Nez

Le nez sert à entasser de la morve pour quand on a la grippe.

Quand on saigne du nez, toute l'intelligence de notre cerveau s'en va avec le sang.

Nicotine

La nicotine est un bon goût que les marchands de tabac mettent dans les cigarettes pour faire la séduction de nos bouches.

« Nique-ta-mère »

Le groupe « Nique-ta-mère » s'appelle comme ça, mais je suis sûr qu'ils l'ont jamais fait, quand même.

Noé

Noé est l'inventeur des grandes inondations.

Noirs

Les Noirs ont les cheveux et l'intérieur de la tête plus crépus que nous.

Normandie

La Normandie est entièrement bordée par les magnifiques plages bretonnes.

« Notre Père » (prière)

Dans le « Notre Père », ils nous disent qu'il faut pardonner à ceux qui nous ont enfoncés.

Nouilles

Les nouilles sont les légumes verts préférés de tous les enfants.

Nuit

La nuit, c'est comme du jour mais sans éclairage.

Ma mère dit que la nuit porte conseil, mais elle porte surtout sommeil.

Nuit blanche

Pour passer une nuit blanche, on est obligé d'attendre que la nuit soit noire.

Obésité

L'obésité est une maladie qui ne frappe que chez les gros.

Obus

Quand les armées font la guerre en Russie l'hiver, même les obus meurent de froid.

Occupation

Pendant la guerre, les gens étaient très occupés par l'Occupation.

Œil

L'œil est la partie du corps qui permet de ne pas voir quand on le ferme.

Œuf

L'œuf est la mère du poulet.

Le plus dur avec les œufs, c'est de réussir à les ouvrir sans les casser.

Oiseau

Quand ils n'ont pas de moteur, les oiseaux sont obligés de battre des ailes pour voler.

En automne, tous les oiseaux tombent des arbres.

Ondes

Les ondes courtes sont celles qui n'arrivent pas assez loin pour être écoutées.

Ongle

Au bout des mains des garçons, on trouve des ongles. Au bout des mains des filles, on trouve des griffes.

O.N.U. (Organisation des Nations Unies)

Les initiales O.N.U. veulent dire Organisation Nationale de l'Univers.

L'O.N.U. sert à faire la guerre aux pays qui n'en font pas partie.

Optimisme

L'optimisme, c'est quand on est content de ne pas être trop malheureux.

Orange

Depuis Pasteur, les vitamines habitent dans des oranges.

Ordinateur

Un ordinateur, ça sert à avoir l'air bête quand on ne sait pas s'en servir.

Oreille

L'homme est muni de deux oreilles, l'une pour écouter, l'autre pour entendre.

L'oreille interne est une oreille intérieure qui permet d'entendre les bruits du cerveau.

Orgueil

L'orgueil, c'est d'être drôlement fier d'être orgueilleux.

Orphelin

Un orphelin est un enfant qui aime ses parents surtout parce qu'ils sont morts.

Oubliettes

Beaucoup de personnages historiques sont devenus très célèbres dans les oubliettes.

Ours

Les ours sont environnés de forêts et de poils.

Un ours est un animal qui sert de jouet aux enfants à Noël.

Oursin

Les oursins sont des huitres enduites de petits clous.

Ovaire

L'ovaire permet de reconnaître la femme à vue d'œil.

pq

Pagnol (Marcel)

Marius Pagnol se servait de son célèbre accent pour écrire ses livres.

Pain

Le pain est la base de la nourriture des gens qui mangent du pain.

Quand le pain est vieux et dur, on dit qu'il est raciste.

Le pain de seigle est fait avec des huîtres.

Panthère

Depuis l'écologie, les panthères n'ont plus le droit de faire des manteaux.

Pape

Les papes sont les enfants que Jésus a faits avec son ami Saint-Pierre.

Le pape est le monument le plus visité d'Italie.

Tous les papes portent des numéros après leur nom pour pas qu'on les confonde. Par exemple, pour pas confondre Jean-Paul 2 avec Jean-Paul 3.

Quand le pape est élu, il devient une fille et porte une jolie robe blanche.

Papier-peint

Pour mettre du papier-peint, il faut d'abord savoir ce qu'on va peindre dessus.

Pare-brise

Un pare-brise ne sert à rien du tout quand il n'y a pas de brise.

Parents

Sans les enfants, les parents n'existeraient pas.

Quand on aime beaucoup ses parents, il faut leur faire l'amour tous les jours.

Paris

Paris a été choisi comme capitale de la France pour ses accès directs à la mer.

Paris est surtout connu pour sa capitale : le seizième arrondissement.

Parties génitales

Les parties génitales de l'homme sont la bouche et les doigts.

Pascal (Blaise)

Le philosophe Pascal a découvert le vide dans ses pensées.

Pascal a consacré sa vie à écrire les *Essais* de Montaigne.

Passage piéton

Dans le temps, les gens étaient obligés de planter des gros clous dans les rues pour pouvoir traverser tranquillement.

Quand on traverse bien dans les passages piétons, on ne risque rien sauf de se faire écraser.

Pasteur (Louis)

Pasteur a inventé le microbe de la rage qu'il a mis dans des chiens et des petits enfants.

Pastis

Le pastis est une boisson avec un goût jaune.

Patrimoine (journée du)

La journée du patrimoine permet même de visiter les cabinets du président de la République.

Pauvre

Les pauvres sont des gens qui ne pensent qu'à dépenser de l'argent qu'ils n'ont pas.

Les pauvres se contentent de rien et même souvent de pas plus.

Paysan

Depuis toujours, les paysans français sont victimes des intempéries dues au crédit agricole.

Quand il a pleuvu, les paysans sont tout humides de joie.

Peau

Le tissu de la peau est coloré parce qu'il est couvert de piments roses.

Pêche

La pêche est un sport dangereux pour les poissons.

S'il n'y avait pas de pêcheurs, dans la mer il y aurait aujourd'hui plus de poissons que d'eau.

Pédale

Sans l'énergie fournie par les pédales, une bicyclette ne serait qu'un vélo.

Peine de mort

En France, c'est le président Mitterrand qui a embelli la peine de mort.

Penser

« Je pense donc je suis » est la devise des penseurs.

Perche

Le saut à la perche est surtout difficile quand on n'a pas de perche.

Père Noël

Les déguisements de Père Noël sont toujours aussi minables que les cadeaux qu'il donne.

Peste

La peste fut la plus belle des épidémies créées par le génie de l'homme.

Pétain (maréchal)

Le maréchal Pétain est un mort de 14-18 qu'on a déterré pour diriger la France quand la guerre est revenue.

Le maréchal Pétain était un vieux guerrier qui passait sa vie à embrasser des petits enfants.

Pétanque

La pétanque n'est pas un sport, c'est juste un jeu de vieux feignants.

Pétrole

Quand on peut faire brûler de l'eau, c'est qu'il s'agit de pétrole.

Le pétrole pousse plus facilement dans les déserts parce que le climat y est chaud et humide.

Ne possédant pas de pétrole, la France est obligée d'en extraire de son sous-sol.

Pharaon

Les pharaons étaient des rois en forme de pyramides.

Tonton Khamon est le plus connu des pharaons d'Égypte.

Pharmacie

Les pharmacies sont des épiceries où on peut acheter de la santé.

Philosophe

La devise des philosophes est : « Connais-toi moi-même ».

Un philosophe est un homme qui vit dans un tonneau pour mieux réfléchir.

Phoque

Les Esquimaux tuent les phoques pour en extraire de l'huile de foie de morue.

Photo

Quand on est mort, on peut prendre de belles photos de la Terre vue du ciel.

Picasso (Pablo)

Picasso est un pauvre peintre qui n'a même pas compris comment on dessinait la tête des gens.

Picasso peignait avec des pinceaux monstrueux comme ses tableaux.

Pie

Une pie est un oiseau bicolore de toutes les couleurs.

Pied

Les pieds de l'homme lui permettent de faire des gestes avec les jambes.

Pieds-Noirs

Avant, l'Algérie appartenait à des gens qu'on appelait Pieds-Noirs à cause de leur drôle d'accent.

Pieuvre

La pieuvre et le poulpe se servent de leurs testicules pour attraper leur nourriture.

Pipi

Les garçons font pipi debout parce qu'ils ont deux jambes. C'est pour ça que les filles sont obligées de s'asseoir.

Dans la classe, lever le doigt donne envie de faire pipi.

Piqûre

Quand on nous fait une piqûre, ça nous troue la couche d'ozone de la peau.

Pirate

Quand les pirates abordaient un autre bateau, ils demandaient d'abord gentiment la permission de tuer tout le monde.

Pise (tour de)

La tour de Pise est un monument italien qui ne sait pas encore de quel côté elle va tomber.

Pisser

Quand ma mère parle à mon père, elle dit qu'elle pisse dans un violon,

Pistolet

Les pistolets sont des armes inoffensives si on ne s'en sert pas.

Pizza

Une pizza, c'est une tarte couverte de continents italiens.

Pleurer

Quand on pleure, c'est que la météo n'est pas bonne dans notre tête.

Pluie

Si la pluie était intelligente, elle monterait au lieu de descendre sur la terre.

Quand deux nuages se cognent dans le ciel, ça leur fait mal, alors ils pleurent de la pluie.

Les précipitations sont des pluies qui tombent à toute vitesse.

Les vieux, ils disent toujours « Après la pluie, le beau temps », et c'est même pas vrai, parce que des fois, après la pluie il y a la grêle.

Poésie

La poésie, ça sert à parler quand on est amoureux.

La poésie est ennuyeuse parce qu'on est obligé de l'apprendre par cœur.

Un alexandrin est une poésie qui est faite de douze mots seulement.

Poète

Un poète, c'est un monsieur qui écrit des phrases qui ne veulent rien dire, mais qui sont quand même jolies à réciter.

Point

Le point sert à terminer une phrase quand on en a marre.

Points cardinaux

Les quatre points cardinaux sont : la droite, la gauche, le haut et le bas.

Poisson

Le poisson est un animal généralement spongieux et peu bavard.

Les poissons sans arêtes s'appellent des congelés.

Seuls les poissons de mer ont le pied marin.

Le poisson a des arêtes pour pouvoir s'arrêter quand il veut.

Quand les poissons meurent, on les enterre dans l'eau.

Police

La police aime bien les voleurs parce que, s'il n'y en avait pas, elle ne saurait pas quoi faire de toute la journée.

Un commissariat, c'est là où la police se réfugie quand elle a trop peur.

Mon père dit que si on faisait l'alcootest à tous les flics, il n'y en aurait plus pour arrêter les gens.

Politiciens

Pour vivre, les politiciens sont obligés de se nourrir de corruption et de mensonge.

Politique

Les débats politiques à la télé, ça serait moins ennuyeux s'ils ne parlaient pas.

Pollution

La polygamie s'attrape en buvant l'eau directement dans des rivières polluées.

Polo (Marco)

C'est Marco Polo qui a ramené la Chine de ses voyages autour du monde.

Pomme

De sa naissance à sa mort, les pommes habitent dans des arbres.

Pomme de terre

La pomme de terre a été inventée par un savant appelé Hachis Parmentier.

Poncho

Un poncho est un habit qu'on ne peut pas mettre parce qu'il n'y a même pas de trous pour les bras.

Pont

Pour construire un pont sur une rivière, il faut que la rivière ait deux bords.

Un pont suspendu est un pont qui ne repose sur absolument rien.

Poste

Les boîtes à lettres sont jaunes pour que même les aveugles puissent les voir.

Postérieur

Notre derrière est mou pour qu'on puisse s'asseoir dessus sans se faire mal.

Potable

On dit qu'une eau est potable quand on ne meurt pas en la buvant.

Poulet

Les poulets élevés au plein air sont moins chers que les autres parce que l'air est gratuit.

Aujourd'hui, les poules sont élevées en batterie, comme les voitures.

Poussière

La poussière est silencieuse pour pas qu'on l'entende se poser sur les meubles.

Préfecture

Une préfecture est une maison du gouvernement où les paysans viennent hurler des insultes en jetant par terre des melons, des patates ou des choux-fleurs.

Préhistoire

Les premiers hommes s'habillaient avec des peaux de bêtes pour mieux faire partie du paysage.

Nos ancêtres taillaient des solex pour en faire des haches.

Prématuré

Un bébé qui naît trop tôt s'appelle un embryon.

Première classe

Dans les premières classes du train, on paye deux fois plus cher juste pour avoir un napperon sous la tête.

Préservatif

Le préservatif est un sac en plastique qui sert à empêcher les petites graines des garçons d'aller se planter dans les filles.

Pression

La pression atmosphérique nous écrase de toute sa pesanteur.

Priorité à droite

Pour avoir la priorité à droite, il ne faut pas être de gauche.

Prison

C'est dans les prisons qu'on met tous les innocents qui ont commis des crimes.

Prix (hausse des)

Quand les prix montent, ils en profitent pour ne pas baisser.

Procréation assistée

Maintenant, pour faire un bébé, la femme à le droit de se marier avec une éprouvette.

Professeur

Un prof est un professeur mais en plus court.

Profil

Quand on est de profil, on ne peut voir que notre côté qui n'est pas invisible.

Propreté

La propreté, c'est de la jolie saleté qui sent bon.

Poubelle

Une poubelle est un grand bac dans quoi on met les ordures, comme ma mère.

Prostituée

Les femmes qu'on dit qu'elles font le trottoir, c'est même pas vrai qu'elles l'ont fait elles-mêmes le trottoir.

Proust (Marcel)

Le grand succès de l'écrivain Marcel Proust s'appelle « À la recherche du Temple perdu ».

L'œuvre de Marcel Proust n'a pas survécu à son auteur.

Provence

La Provence est une région très inflammable.

Proverbe

Les proverbes, ils sont cons parce qu'ils disent toujours des choses qu'on sait déjà.

Province

Les habitants de la province s'appellent des fermiers.

Pruneau

Les pruneaux ont pour unique ambition de faire faire caca aux gens.

Publicité

La publicité de la télé prend les gens pour des débiles et elle a raison puisque mes parents la regardent.

Pudeur

La pudeur est un organe qu'il n'est pas poli de montrer à tout le monde.

Il faut se laver tous les jours à cause de la pudeur qui se salit vite.

Pygmée

Les Pygmées ont le record du monde de la petitesse.

Pyrénées

Les Pyrénées ont été construites par Louis XIV pour se protéger des invasions espagnoles.

Les Pyrénées sont entourées de mer et d'Espagne.

Quadrupède

L'homme est appelée quadrupède à cause de ses deux jambes.

Question

Une question, c'est quand on se demande si on trouvera un jour la réponse. Exemple : Où est passée la 7ème compagnie ?

Queue

La queue du chat lui permet de mieux voir la nuit.

Racine (Jean)

Pour plaire au roi, Jean Racine a inventé la
tragédie grecque.

Racine carrée

Une racine carrée est une racine dont les quatre
angles sont égaux.

Raclée

Une raclée est un morceau de fromage qu'on fait
fondre pour le manger avec des patates.

Radar

Le passe-temps des radars est de prendre des jolies photos de voitures.

Radiateur

L'avantage d'un radiateur, c'est qu'il peut jouir de ses chaleurs.

Raffarin (Jean-Pierre)

Raffarin a été élu Premier ministre parce que, quand il est à côté de Chirac, on dirait Laurel et Hardy.

Rat

Pendant « La Commune », les Parisiens préféraient manger des rats plutôt que des bonnes choses.

Raton-laveur

Un raton est un petit rat qui est lavable.

Récréation

La cour de récréation est un endroit où on peut dire « caca » et « pipi » sans se faire gronder.

Regard

Le regard sert à voir ce que l'œil ne voit pas.

Règle de trois

La règle de trois est l'ancêtre de la calculette.

Relief

Quand on est en avion, on peut admirer le relief de la France bien caché sous les nuages.

Religion

La religion sert à tuer des gens pour mieux aimer Dieu.

Religion (guerres de)

Les guerres de religion ont été entièrement payées par Jésus-Christ et par sa mère, la Vierge Marie.

Rémi

Rémi est un prénom pour ceux qui font du solfège.

Renaissance

C'est François Ier qui a inventé la Renaissance pour permettre aux pauvres et aux paysans de passer leur vie à faire de la peinture et des arts.

Renaud

Renaud est un chanteur qui a pris un nom de voiture pour se faire connaître plus vite.

République

La République est une et invisible.

La devise de la République française est : « Liberté, Égalité, Fragilité ».

Requin

Quand ils attaquent, les requins s'approchent de leur proie à pas feutrés.

Les requins font peur à tout le monde depuis qu'ils ont tourné un film pour montrer leur cruauté.

Requin-marteau

Le requin-marteau est un animal très bricoleur.

Respiration

La respiration permet de faire rentrer tout l'air qu'on veut dans les poumons avant de le ressortir par le derrière.

Restoroute

Un restoroute est un restaurant construit en plein milieu de la route.

Retraite

En même temps qu'il prend sa retraite, chaque travailleur a aussi droit à prendre sa vieillesse.

Rétrécir

Rétrécir, c'est rendre quelque chose ridicule de petitesse. Exemple : « Chérie, j'ai rétréci les gosses ».

Réveillon

Le réveillon, c'est bien, mais c'est dégoûtant aussi parce qu'il faut embrasser tout le monde, même ceux qu'on n'aime pas.

Rhume

Le rhume des foins se soigne à l'aide de mouchoirs en papier.

Richelieu (cardinal de)

Richelieu portait toujours une robe rouge comme ma sœur.

Rimbaud (Arthur)

L'œuvre du poète Arthur Rimbaud est toute enrubannée d'homosexualité.

Rimbaud est mort à 19 ans des suites de son homosexualité et de sa poésie.

Rivière

L'été, les cours d'eau se dirigent vers la mer. L'hiver, ils vont vers la montagne.

Toutes les rivières partent de Lamont et s'arrêtent à Laval.

Robot

Un robot est une machine qui fait tout exactement comme l'homme mais n'importe comment.

Roi

Un roi est un président de la République à qui le peuple a le droit de couper la tête.

Les rois de France présentent l'intérêt historique d'être tous morts.

Les rois se faisaient sacrer à Reims pour avoir le champagne moins cher.

Les rois portaient des perruques parce qu'ils étaient tous homosexuels.

Rois mages

Les trois rois mages s'appelaient Romulus et Remus.

Les rois mages voyageaient sur une étoile filante pour aller plus vite faire des cadeaux à Jésus.

Rollers

Les rollers, c'est comme des pieds en plastique rond mais qui roulent plus vite que nos jambes.

Romantisme

Le romantisme est fait avec des poésies pleines de larmes.

Ronsard (Pierre de)

Ronsard n'a écrit qu'un seul poème qui raconte une histoire de fille qui veut aller voir des roses.

Rose

Le rose va bien aux filles parce qu'il s'accorde avec la couleur de leur âme.

Les roses sont des fleurs qui servent à faire des poésies cul-cul-la-praline.

Roue

Quand une roue crève, c'est que l'air s'échappe de ses poumons en caoutchouc.

Rougeole

Les Noirs n'ont pas la même chance que nous parce que, quand ils ont la rougeole, ils ne peuvent pas le voir et ils meurent.

Rouleau compresseur

Un rouleur compresseur sert à écraser les gens pour en faire du goudron de route.

Rousseau (Jean-Jacques)

Rousseau était un prêtre qui racontait toutes les confessions qu'il entendait.

Routier

Un routier est un restaurant où on mange des camions.

Rue

S'il n'y avait pas de rues, toutes les maisons seraient collées et on n'arriverait pas à passer, alors c'est bien qu'ils en ont fait.

Rugby

Le rugby se joue avec un ballon qui est presque rond mais quand même pas.

Russie

Avant la guerre, les habitants de la Russie s'appelaient les Communistes.

S

Sac à main

Un sac à main sert aux filles pour occuper leurs mains et pendant ce temps-là elles n'essaient pas de toucher les garçons.

Samouraï

Les samouraïs étaient des Chinois qui aimaient bien se planter des épées dans le ventre.

Sandwich

Un sandwich est un bout de pain coupé en deux et complètement bourré.

Sang

Notre sang circule plus ou moins vite dans notre corps en fonction de la vitesse à laquelle il circule.

Saut à l'élastique

Quand l'élastique pète, le saut à l'élastique peut présenter certains risques.

Saint-Exupéry (Antoine de)

Quand il s'est écrasé dans le désert, Saint-Exupéry a survécu en mangeant son avion.

Saint-Exupéry était l'auteur du « Petit Prince » et il est mort avec lui dans un accident d'avion.

Saint-Louis

Saint-Louis était juste et bon comme un chêne.

Saint-Pierre

C'est sur Saint Pierre, qui était très gros, que Jésus a construit son église.

Saint-Valentin

À la Saint-Valentin, il vaut mieux pas être amoureux si on veut économiser des fleurs.

Sainte-Catherine

À la Sainte-Catherine, toutes les filles qui s'appellent comme ça ont le droit de prendre racine.

Saison

Les quatre saisons sont l'été, l'hiver et les deux autres.

Saleté

La saleté est le propre des chambres d'enfants.

Salive

La salive est surtout utile à l'homme pour cracher par terre.

Sang

Le groupe sanguin est l'emblème de la famille.

Les hémorragies peuvent être contagieuses si le sang n'a pas été bien lavé.

Sanglier

La femme du sanglier fait des petits mocassins.

Santé

Parmi les grands progrès de la science, on doit souligner l'invention de la santé.

Sapin

Le sapin fait partie des glandes saponifères.

Sarkozy (Nicolas)

Sarkozy s'appelle Nicolas parce qu'il est petit.

Sarkozy veut prendre la place de Chirac pour pouvoir se taper sa femme.

Quand il sera président de la République, je suis sûr que Sarkozy jettera Chirac aux oubliettes.

Sartre (Jean-Paul)

Jean-Paul Sartre est un philosophe qui a inventé l'enfer.

Satellite

Les principaux satellites de la Terre sont la France et l'Allemagne.

Saut en hauteur

Pour bien se faire sauter à la gym, il faut écarter ses cuisses au maximum.

Scolarité

Les frais de scolarité qu'on doit payer à l'école servent à payer des belles voitures neuves aux professeurs.

Scooter

Les scooters sont l'expression du génie italien.

Scrabble

Le scrabble est un jeu où on gagne des points en inventant des mots que personne connaît.

Sécurité sociale

La médecine est l'art de faire payer les malades.

Sein

La femme possède deux poitrines plantées l'une à côté de l'autre.

Sénat

Quand les politiciens sont trop vieux pour penser, on les met dans le Sénat.

Sens

Le cinq sens sont la vue et l'odorat.

Sens giratoire

Un sens giratoire, c'est quand les voitures sont obligées de tourner en rond sans jamais s'arrêter.

Septennat

Un septennat permet d'être président de la République de 7 à 77 ans.

Septuagénaire

Un septuagénaire est un losange à sept côtés.

Serpent

Quand c'est l'époque de la mue, le serpent perd toutes ses plumes.

Les serpents du Pôle nord ont le sang froid.

Sévigné (madame de)

Madame de Sévigné a passé toute sa vie à écrire des lettres à sa fille qui ne pouvait jamais les lire parce que la poste n'existait pas.

Madame de Sévigné emmerdait tous les Français en leur envoyant des lettres où elle racontait sa vie.

Shakespeare (William)

Depuis toujours, la pièce la plus connue de Shakespeare est « Rodéo et Juliette ».

Sida

Le sida est une maladie que les médecins ont inventée pour concurrencer le cancer.

Sidérurgie

La sidérurgie française est dépendante de l'Asie pour ses livraisons de caoutchouc.

« Silence des agneaux (Le) »

« Le Silence des agneaux » est un film muet.

Singe

Le singe est un animal proche de l'homme, mais quand même pas trop.

C'est à force de descendre des arbres que les singes sont devenus des hommes.

Sirène

Les sirènes sont des femmes qui ne peuvent pas avoir d'enfants avec leur queue.

Slip

Le slip est l'instrument qui sert à protéger le sexe de l'homme des agressions du monde extérieur.

S.N.C.F.

Les initiales de la S.N.C.F. veulent dire : Société Nationale des Trains à Grande Vitesse.

La S.N.C.F. est le moyen de transport le plus rapide après le train.

Soldat inconnu

Tous les 11 novembre, le président de la République décore les parents du soldat inconnu.

Soldes

Les soldes, c'est quand ma mère veut acheter des vieux trucs qu'elle ne met jamais.

Soleil

Une éclipse, c'est quand le soleil se cache pour mourir.

Le soleil brille plus en été parce qu'il est un peu moins gêné par la neige.

Sourd

Les yeux sont des organes qui permettent aux sourds de voir ce qu'ils n'entendent pas.

Quand on est sourd, c'est qu'on n'entend plus les voix des autres. Exemple : Jeanne d'Arc n'était pas sourde.

Spectacle

Un spectacle, c'est l'endroit où on est obligé de faire bravo même quand c'est nul.

Sport

Le sport ne sert à rien, surtout si on n'en fait pas.

Si on fait trop de sport, on risque de souffrir de luxure.

Sportif

Le mot « sportif » vient du latin « sport ».

Les grands sportifs ont marqué la littérature de leurs exploits.

Statue

Une statue, c'est une vraie personne, mais qui vit dans la pierre.

Stériliser

La maman doit se faire stériliser les seins avant de nourrir son bébé.

Studio

Un studio, c'est un grand appartement mais tout petit.

Sucre

Le sucre est une bactérie qui suce les dents pour en faire des caries.

Sueur

La sueur est fournie par la glande de l'effort.

Quand on est en sueur, des larmes sortent de partout de notre corps.

Suicide

Quand les gens se suicident, c'est qu'ils ne veulent plus vivre avec la mort.

« Se saigner aux quatre veines », ça veut dire se suicider en se coupant la circulation du sang.

Suisse

C'est en posant plusieurs montagnes autour d'un petit lac qu'on a construit la Suisse.

La Suisse est un pays si neutre qu'il n'existe même pas.

La Suisse fait l'admiration du monde entier pour ses coffres-forts.

Superstition

Quand on croise un chat noir, il faut faire des prières et un signe de croix pour qu'il soit blanc, sinon ça porte malheur.

Surveillant

Un surveillant d'école est quelqu'un qui est chargé de mettre les enfants en rang en les enfilant les uns après les autres.

Synonyme

Causette et disette sont des synonymes de bavardage.

tu

Tabac

Le tabac est une plante carnivore qui mange des poumons.

Il ne faut pas fumer parce que ça donne des boutons à nos cancers.

Tableau

À l'école, les tableaux noirs sont verts.

Tahiti

Tahiti est le premier producteur du monde de filles à poil.

Taire (se)

Se taire, c'est réussir à parler sans dire un seul mot.

Tarte

Sur une tarte, on peut mettre ce qu'on veut comme fruits, des légumes par exemple.

Taxi

Un taxi sert à payer des gens qui nous bloquent dans les embouteillages.

Technologie

La technologie est une science qui permet de comprendre la musique techno.

Téléphone

Le téléphone a été inventé par un américain qui s'appelait Eddy Son.

Un téléphone, ça permet même d'entendre les voix des personnes qui n'habitent pas dedans.

Le téléphone est transporté par des fils et c'est pour ça qu'il faut pas que les satellites volent trop loin de la terre.

Téléphone portable

Un téléphone portable sert à se le faire voler quand on se promène dans la rue.

Téléscope

Un téléscope est un tube qui permet de regarder la télévision de très loin.

Télévision

La télévision, c'est comme la radio mais avec en plus les images du son.

Si les ondes n'existaient pas, on serait obligé de faire marcher les télés avec du charbon comme dans le bon vieux temps.

Température

Grâce au système métrique, en France on mesure la température en degrés plantigrades.

Temps

Le temps a commencé avec la naissance de Jésus en l'an zéro.

Il y a un proverbe qui dit que « le temps ne fait rien à l'affaire », mais on ne sait pas de quelle affaire il parle.

Tennis

Le tennis se pratique comme la pêche, avec un filet.

Le tennis s'appelle le ping-pong quand le terrain n'est pas assez grand.

Terre

La terre tourne sous l'action conjuguée des vents et des marées.

La terre est ronde comme un ballon de rugby.

La terre est enveloppée de trois couches gazeuses : les nuages, l'atmosphère et le ciel.

Terroir

Le terroir est l'endroit où les Français rangent leurs paysans.

Tête

Le corps humain est surtout composé de la tête qui permet à tous les autres membres de penser comme elle.

La boîte cranienne permet d'empiler le cerveau, les yeux, la langue et les oreilles.

Tibia

Le tibia est un os qui nous pend sur chaque jambe.

Tiers-monde

On appelle pays sous-développés les pays qui n'ont pas le courage d'être riches.

Les pays pauvres ont inventé les tremblements de terre pour que les riches leur donnent des sous.

Tintin

La femme de Tintin, c'est celle qui rigole de se voir si belle dans un miroir.

« Titeuff »

Les enfants aiment bien les bandes dessinées de Titeuf parce qu'il pense qu'a son zizi, comme nous.

Tonne

Une tonne pèse au moins cent kilos si elle est lourde.

Tortue

Quand une tortue double un lièvre à toute vitesse, c'est que c'est une tortue Ninja.

Torture

Depuis Mitterrand, la torture et la peine de mort ont été supprimées à l'école.

Toulouse

Toulouse est appelée « ville rose » grâce à son activité aéronautique.

Tour de France

Au Tour de France, quand un coureur s'échappe, il est vite rattrapé par les motards de la police.

Tour Eiffel

La tour Eiffel doit son nom à son inventeur, les frères Lumière.

Tournesol

Le tournesol tourne autour de la terre en même temps que le soleil.

Tracteur

Dans le temps, les tracteurs des paysans s'appelaient des bœufs.

Train

Le train a été inventé par Louis XIV pour aller plus vite dans son château à Versailles.

Si les trains n'avaient pas de rails, ils iraient là où ils veulent et on n'arriverait jamais là où il faut.

Quand on a raté un train, on a du mal à monter dedans.

Travail

Quand il y a plusieurs travails, on doit dire des travaux.

Le premier mai, on ne fait rien pour faire sa fête au travail.

Travail des femmes

Quand une maman ne travaille pas, c'est qu'elle doit s'occuper de torcher sa vaisselle.

Travail (temps de)

Grâce à la réduction du temps de travail, on a le droit de ne pas travailler plus de 35 heures par jour.

Les 35 heures ont permis aux Français de travailler moins que s'ils travaillaient plus.

Triangle

La surface d'un triangle se trouve en ajoutant tous les angles qui forment des lignes droites.

Trou

Un trou, c'est que du vide rempli de creux.

Troyes

La ville de Troyes est célèbre pour son fameux cheval.

Truie

La truie est unie au cochon par les liens du mariage.

Tutu

Le tutu est un outil qui permet de savoir danser.

Un, Une

Quand on dit « De deux choses l'une », c'est qu'on ne sait pas compter.

VW

Vaccination

La vaccination est obligatoire pour tous les enfants qui ne sont pas encore morts.

Vache

Les vaches mangent de l'herbe parce que si elles mangeaient du bœuf, elles s'apercevraient que c'est leur mari.

La vache est l'animal de compagnie préféré du paysan.

Les vaches se nourrissent exclusivement de pelouses vertes.

La vache est un animal de forme laiteuse.

Vache folle

La vache folle est une maladie qui touche surtout les moutons.

Vagin

Le vagin est l'organe qui permet à la femme de vagir.

Vapeur

La machine à vapeur a été inventée par Maurice Papon.

Veau

Le petit du veau s'appelle l'escalope.

Venise

Les voitures ne peuvent pas rouler dans les rues de Venise pour cause de noyade.

Vent

Quand la terre se met à tourner trop vite, alors elle fait du vent.

Ver

Le ver solitaire est toujours célibataire, d'où son nom.

On élève les vers à soie pour produire de la laine.

Vercingétorix

C'est Vercingétorix qui a réussi le premier à soulever toute la Gaule d'une seule main.

Vérité

La vérité sort de la bouche des enfants même quand ils mentent.

Verlan

Le verlan, c'est même pas vrai... Par exemple, si on veut dire « fou », on dit « Ouf », alors qu'il faudrait dire « Uof ».

Verre

Un verre d'eau peut contenir de l'eau ou tout autre solide.

Versailles

Versailles est le plus connu des châteaux de la Loire.

Au château de Versailles, les princes de la Cour étaient obligés de faire pipi et caca directement sur les beaux parquets en marbre parce qu'on n'avait pas encore inventé les cabinets.

Vertical

La position verticale est une position couchée en étant complètement debout.

Vésuve

Le Vésuve est un volcan qui crache des larves sur les habitants de la Sicile.

Viande

La viande n'a pas d'arêtes parce qu'elle ne vit pas dans la mer.

Vide

Quand quelque chose est vide, c'est qu'on en a enlevé le plein.

Vide-grenier

Un vide-grenier permet de trouver des imbéciles qui rachètent des vieux trucs que notre mère voulait jeter.

Vie

On dit que la vie est un long fleuve tranquille, mais quand même pas vraiment, faut pas exagérer.

La vie ne fait pas de cadeaux, surtout quand elle est pauvre.

Vieillesse

Il paraît que la vieillesse est un naufrage pour les bateaux.

Vierge Marie

Chaque année, à Noël, le pape mange une dinde en souvenir de la Vierge Marie.

Il paraît que la Vierge Marie aimait surtout faire l'amour avec des pigeons.

Vieux

Quand ils n'ont plus de sous, les vieux ne servent plus à rien.

Les filles sont bêtes : si elles ne se mariaient qu'avec des vieux, elles auraient l'héritage plus vite.

Vin

Le vin, c'est du lait pour les ivrognes.

On a le droit de boire beaucoup de vin à condition de le consommer avec modération.

Quand le vin blanc est mûr, il devient rouge et on peut le boire.

Le vin est le produit du mariage de la vigne et du raisin.

Vinci (Léonard de)

On ne connaît pas la tête de Léonard de Vinci parce qu'il peignait toujours des femmes, et jamais lui.

Vingt

Vingt est le double de deux fois dix.

Virage

Un virage est une route droite qui tourne tout d'un coup.

Visite médicale

Quand on va à la visite médicale, il ne faut pas oublier d'amener ses maladies avec soi.

Vitesse (limitation de)

Les limtations de vitesse ont des bons effets parce qu'elles permettent de limiter la vitesse.

En roulant à 130 sur l'autoroute, on est sûr de ne pas aller plus vite au moment de l'accident.

Vitre

Le verre est transparent pour qu'on puisse tranquillement regarder chez les voisins.

Une vitre sans teint est une vitre qui a mauvaise mine.

Vocabulaire

Le vocabulaire, c'est l'endroit où habitent tous les mots qu'on apprend à l'école.

Voiture

Pendant des siècles, les voitures n'ont pas pu rouler parce que la roue n'avait pas encore été inventée.

Pour qu'une voiture roule, il faut d'abord qu'elle ne soit pas arrêtée.

C'est drôle, mais les voitures portent souvent des prénoms de filles : Mégane, Mercédès, Renaud...

Volant

Les voitures ont des volants pour être un peu plus faciles à conduire.

Voltaire

Voltaire a inventé la philosophie et il a dû gagner plein d'argent parce qu'on s'en sert encore aujourd'hui.

Voltaire était le philosophe des pauvres et des gens qui ne savaient pas lire.

Voleur

Un voleur à la tire est un voleur de voitures.

Quand on a peur des voleurs la nuit, il faut dormir avec ses parents, comme ça c'est eux qui se feront assassiner.

Volume

Pour calculer un volume, il suffit de trouver sa contenance.

Vomir

Vomir, c'est comme aller aux cabinets avec la bouche.

Quand on vomit, on crache de la bible et des morceaux de nourriture hâchée.

Vouloir

Vouloir, c'est avoir envie de pouvoir.

Voyelle

Les voyelles sont toutes les lettres qui ne sont pas des consonnes.

Vulcania

Vulcania représente le triomphe de la doctrine giscardienne.

Warning

Les warnings, c'est quand les clignotants sont cassés et qu'ils ne s'arrêtent plus.

W.C.

Les W.C. ont été inventés pour nous permettre d'aller aux cabinets.

World Trade Center

C'est idiot, les attentats, parce qu'on casse des avions tout neufs en les jetant sur des tours.

On se souvient des attentats du 11 septembre à New York surtout parce qu'on en connaît la date exacte.

xyz

Z.A.C.

Une zone industrielle s'appelle une Zac.

Zapper

Zapper, ça veut dire qu'on peut enlever la tête de P.P.D.A. pour la remplacer par un dessin animé.

Zéro

Le zéro est le seul chiffre qui permet de compter jusqu'à un.

Quand on est un zéro, ça veut dire qu'on vaut pas plus que moins.

Zidane (Zinedine)

Si Zidane marquait autant de buts qu'il fait de publicités à la télé, l'équipe de France serait encore championne du monde.

Zola (Émile)

Les dépouilles d'Émile Zola ont été jetées dans les poubelles du Panthéon.

Zyva ou Z'yva

Les zyvas sont des enfants qui parlent la langue étrangère des banlieues.

Achevé d'imprimer en août 2006 en Espagne par
LIBERDUPLEX
N° d'éditeur : 74071
Dépôt légal – 1re publication – août 2006
LIBRAIRIE GÉNÉRALE FRANÇAISE – 31, rue de Fleurus – 75278 Paris Cedex 06